Johannes Reb

Kathrins Sommer

und andere Kurzgeschichten

Zu diesem Buch:

15 Kurzgeschichten erzählen von sehr verschiedenen Menschen und ihren oft einfachen Lebensumständen und Bedürfnissen – und Ereignissen, die sie auf merkwürdige Weise näher an ihre Sehnsucht heranbringen als sie sich das selbst so gedacht hätten. Manchmal tragisch, manchmal komisch, manchmal fast magisch strahlen die Geschichten und ihre Gestalten eine tiefe Spur fast existentieller Daseinsfreude über die schwierigen Umstände hinaus aus.

Die Geschichten sind in den Jahren 2000-2010 entstanden.

Über den Autor:

Der Autor schreibt unter dem Pseudonym Johannes Reb seit über 20 Jahren Romane, Geschichten und Gedichte. Im ‚wirklichen' Leben arbeitet er als Therapeut und hat eine wachsende Familie.

Johannes Reb

Kathrins Sommer

und andere Kurzgeschichten

Impressum

Bibliographische Information der deutschen Nationalbibliothek: Die deutsche Nationalbibliothek verzeichnet diese Publikation in der deutschen Nationalbibliographie. Detaillierte bibliographische Informationen sind im Internet unter: http://dnb.d-nb.de abrufbar

Herstellung und Verlag: BoD - Books on Demand, Norderstedt

Umschlag: Autor

www.johannes-reb.de

2.korrigierte Auflage Mai 2023

ISBN: 9783738634228

Der Mensch ist stets mehr

als er von sich wissen kann

(Karl Jaspers, Arzt und Philosoph)

Widmung

Meinen Freunden und Freundinnen in Dankbarkeit für
jahrelange Treue

Inhalt

Briefe

Besuch

Mit hängenden Schultern ging Gerhard am Abend von seiner Arbeit nach Hause. Es regnete einen leichten, fiesen Nieselregen, die Luft war schwer von Feuchtigkeit und drang ihm bei jedem Atemzug tief in die Lungen ein – ihm kam es vor, als ob es genau die Schwere sei, die seit jeher in seinen Lungenflügeln zuhause war – und die Farben der Stadt um ihn herum waren gesättigt von einem schmutzigen Grau und einer bleiernen Indifferenz, der es völlig egal zu sein schien, ob es überhaupt und welche Farben es hier geben solle.

Nach dieser eindeutig depressiv getönten Stimmung, in der Gerhard sich bewegte, war es nun allerdings sehr erstaunlich und überraschend, dass er trotz seiner hängenden Schultern eigentlich ganz guter Laune war, ja, er sogar den Ansatz eines Liedchens auf den Lippen hatte – wenn er eines gekonnt hätte, hätte er es wohl gesummt, aber leider konnte er keines, hatte nie eines gelernt, also summte er nur in ständiger Wiederholung eine kleine, unharmonische Kadenz, die er für den Anfang eines fröhlichen Liebesliedes hielt.

Gerhard hatte einen langen Arbeitstag bei der Autofabrikation hinter sich. Er musste an einem Band stehen und immer die gleichen Verrichtungen machen, links – rechts – nach hinten – greifen – schrauben – drehen – greifen mit der anderen Hand – wieder schrauben – etwas drehen – unterhalten – links – rechts – usw. usf. Ihm machte die Arbeit nicht wirklich Freude, nein, keineswegs, das wäre wirklich zu viel verlangt, aber er machte sie doch ganz gerne. Er hatte sein Auskommen dadurch, was nicht so selbstverständlich ist heutzutage, und er wusste vor allem jeden Morgen, wohin er gehen sollte, und am Abend wusste er wieder, wohin er gehen sollte. Er kannte Männer, die wachten morgens auf und wussten nicht, wohin sie gehen sollten, das kam ihm besonders schrecklich vor, er beneidete diese Männer nicht um die viele freie Zeit, die sie hatten.

Auch an diesem Abend nach getaner Arbeit war er froh zu wissen wohin er gehen sollte: zu sich nach Hause. So ein Zuhause ist ja erst dann wirklich ein Zuhause, wenn man nach einer Zeit der Entfernung von dort dorthin zurückkehren kann. Wenn man dauernd dort ist, ist es kein Zuhause, sondern ein Gefängnis, wenn auch mit offenen Türen, fand Gerhard. Er mochte sein Zuhause. Er hatte eine kleine 2-Zimmer-Wohnung in einem großen Mietshaus, sie war gerade 45 Quadratmeter groß, und es gab einen winzigen Balkon und ein großes Fenster mit Ausblick über die Stadt. Wenn die Sonne schien, konnte er aus diesem Fenster den Sonnenuntergang beobachten. Die Wohnung lag im sechsten Stockwerk, es gab noch vielleicht 4 oder 5 Stockwerke über ihm, er hatte sie nie gezählt und auch nie versucht, bis ganz nach oben zu gelangen, vielleicht sogar auf das Dach hinaus, nein, das hatte er nie versucht. Ihm war das sechste Stockwerk hoch genug, höher hatte er nie hinauswollen.

Heute war ein besonderer Tag. Trotz des schlechten Wetters und der deprimierenden Stimmung draußen summte Gerhard seine kleine Kadenz vor sich her, denn etwas sollte heute noch geschehen, worauf er sehr gespannt war. Er sollte nämlich Besuch bekommen. Vor einigen Tagen hatte er einen Brief bekommen, in dem die Ankündigung dieses Besuches stand. Gerhard gehörte zu der Sorte von Menschen, die, seit sie aus dem Elternhaus ausgezogen und nach einigen turbulenten Jahren in einer regelmäßigen Arbeit angekommen sind, keine persönlichen Beziehungen zu haben pflegten. Genau genommen: Er kannte niemanden, und ihn kannte auch niemand. Natürlich hatte er die Gesichter seiner Etagennachbarn schon ein paar Mal gesehen, und auch von seinen Kollegen bei der Arbeit, mit denen er am Band stand oder in der Kaffeepause saß, wusste er die Vornamen und würde sie vielleicht beim Einkaufen wieder erkennen. Aber mehr auch nicht. Niemals würde er auf den Gedanken kommen, sich mit einem von ihnen zu verabreden, auf ein Bier oder so, nein, niemals. Nicht dass er das nicht vielleicht gewollt hätte, aber es lag vollkommen außerhalb seiner Vorstellungswelt. Er gehörte eben wie gesagt zu den Menschen, die niemanden kennen. Er fühlte sich im großen Ganzen wohl so.

Nun war aber dieser überraschende Brief gekommen. Mit der Ankündigung eines Besuches. Gerhard wusste gar nicht, wie man sich verhalten musste, wenn man Besuch bekam. Er hatte noch eine blasse Ahnung, dass die Mutter immer aufgeregt war und alles blitzblank aufgeräumt sein musste bei Besuch, z.B. wenn die Großeltern kamen, oder Tante Berta mit Onkel Adolf. Aber bei ihm war aufgeräumt, jedenfalls nach seinen Maßstäben, und welche sollte er auch sonst anlegen? Und sonst? Sollte er „etwas im Hause" haben? – an so eine Formulierung konnte er sich erinnern. Aber was? Ach ja, natürlich, Schnaps oder Kognak, was denn sonst, fiel es ihm ein. Ja, das ist eine gute Idee, dachte er, ich werde auf dem Heimweg noch eine Flasche Schnaps einkaufen, das ist schön. Gerhard trank sonst nie Alkohol, wie vielleicht sonst die meisten Einzelgänger es tun würden, um sich die langen einsamen Abende zu vertreiben und die Stimmung zu bessern. Aber Gerhard hatte nie damit angefangen, seit er gesehen hatte, wie sein Onkel, nicht Adolf, nein, ein anderer, sich „totgesoffen" hatte. Er hatte es allerdings nicht wirklich mit angesehen, aber sein Vater hatte den elenden Todeskampf des armen Onkels im Delirium so eindringlich und schrecklich geschildert, dass Gerhard seelisch geimpft worden war gegen die Versuchung, mit diesem Teufelszeug anzufangen. Und da er wie gesagt niemanden kannte, der ihn hätte in

Versuchung bringen können, war Gerhard bis heute ein
bewundernswert nüchterner Mensch geblieben.

Mit einer Flasche Schnaps in dem Beutel stieg er die Treppe zu seiner
Wohnung herauf. Niemand kam ihm entgegen, es schien fast wie ein
geheimnisvolles ungeschriebenes Gesetz, dass alle Bewohner auf der
Etage zu genau abgepassten unterschiedlichen Zeiten aus der
Wohnung kamen oder in sie eintraten. Es war immer Zufall, wenn
jemand sich nicht an seinen Rhythmus hielt und zur Unzeit auf den
Flur kam, die eigentlich die Zeit eines anderen war, so dass man sich
kurz zu Gesicht bekam. Ein kurzer Blick, ein kaum merkliches Nicken
als Gruß genügte zur Verständigung, dann ging jeder seiner Wege.
Wohl wusste Gerhard durch die Geräusche, die durch die Tür
drangen, dass es durchaus Begegnungen auf dem Etagenflur gab, die
zur Regel dazugehörten. Dann kam es auch sogar zu tatsächlichen
Unterhaltungen. Dies war der Fall bei der Frau M. und dem Fräulein S.
Die trafen sich jeden Mittwoch um zwölf Uhr dreißig auf dem Flur und
tauschten sich über irgendetwas aus, was Gerhard nicht verstehen
konnte. Als Gerhard nun in seine Wohnung trat, hatte er zum ersten
Mal in seinem Leben den Gedanken, vielleicht jemanden zu seinem
Besuch dazu einzuladen, zum Beispiel das Fräulein S. Aber er ließ den
Gedanken schnell wieder fallen, zu fremd und eigenartig schien ihm
dies. Er stellte den Schnaps in den Kühlschrank und schaute auf die
Uhr. Es war etwas später geworden als sonst, wegen des Einkaufs von
dem Schnaps.

Gerhard setzte sich auf sein etwas durchgesessenes Sofa und sah sich
um. Was sollte er jetzt tun? Natürlich warten, was denn sonst. Der
Besuch war in dem Brief für ungefähr acht Uhr angekündigt worden.
Ob sein Gast wohl den Weg finden würde? Gerhard hatte sich noch
nie Gedanken darüber gemacht, wie man seine Wohnung wohl finden

würde, wenn man aus einer anderen Stadt angefahren käme. Er kannte nur den eigenen Fußweg hin und zurück, das war völlig ausreichend. Der Brief hatte so entschlossen geklungen, als ob der Absender völlig sicher sei und keinerlei Zweifel daran hätte, wie er zu Gerhard finden würde. Nun war aber die Zeit schon angebrochen, und es müsste jeden Augenblick klingeln. Gerhard wurde etwas unbehaglich zumute, vor allem weil es für ihn eine völlig unbekannte Situation war. Sonst wusste er immer sehr genau, was er tun würde – er hätte die Schuhe ausgezogen und die Füße auf den Tisch gelegt und den Fernseher eingeschaltet und eine Decke über seinen Bauch gelegt, dann hätte er ein bis zwei Stunden ferngesehen, mehr nicht, und wäre dann ins Bett gegangen. So sah ein schöner, gemütlicher Abend aus. Aber dies hier: Besuch, der angekündigt ist, aber zu spät kommt? Gerhard wusste mit sich selbst nichts rechtes anzufangen. Schließlich wollte er seinem Besuch nicht in nackten Füßen entgegentreten.

Gerhard war nichts anderes eingefallen als den Schnaps zu holen und zu öffnen, zwei kleine Schnapsgläser zu füllen und vor sich auf den Tisch zu stellen. Während dieser Tätigkeit ging es ihm wieder gut, er summte während dessen sogar sein Liedchen wieder aus Vorfreude über den Besuch. Als aber die Gläser auf dem Tisch standen, wurde ihm wieder unbehaglich. Es war schon eine Stunde über die Zeit. Er schaute sich um, und zum ersten Mal fiel ihm auf, wie schäbig seine Einrichtung wahrscheinlich aussah. Ihm hatte es nie etwas ausgemacht, aber jetzt, als er versuchte, sich seine Wohnung mit den Augen seines Besuchers anzusehen, fiel ihm die Ärmlichkeit und Schäbigkeit auf. Für einen Moment wurde er von unbekannten Gefühlen heimgesucht, eine Mischung aus Scham, Angst und Wut, die ihn zunächst hilflos machten. Dann aber bekam er sich wieder in der Griff, indem er sich sagte, dass er den Besuch ja nicht gebeten habe zu kommen, sondern dieser sich von sich aus angemeldet habe, also sei dies dann auch dessen Problem, wenn es denn ein Problem sei, und außerdem lasse sich nun sowieso nichts daran ändern, es sei so wie es sei.

Mit diesem neuen Kraftgefühl nahm Gerhard das eine Schnapsglas, hob es vor sich in die Höhe, rief ein kleines „Prost, Gerhard!" und leerte das Glas in einem Zug, fast als ob er dies schon ein ganzes Leben lang täglich tue, dabei hatte er es nur gelegentlich als kleiner Junge bei dem besagten anderen Onkel gesehen. Der Schnaps brannte wie die Hölle in seinem Hals, und Gerhard verschluckte sich und hustete und keuchte, fast dass er die Luft verloren hätte. Junge, Junge, Holla, Holla dachte er, als er wieder Luft bekam. Und trank den zweiten Schnaps hinterher, denn inzwischen war es schon spät geworden und der Besuch war immer noch nicht gekommen.

Am nächsten Tag verschlief Gerhard zum ersten Mal in seinem Leben seine Arbeit. Er wachte erst gegen Mittag auf und hatte gewaltige Kopfschmerzen wie er sie noch nie erlebt hatte. Er hatte natürlich keine Tabletten bei sich, er hatte so etwas noch nie gebraucht. Bei der Arbeit war man nachsichtig, denn er hatte sich noch nie etwas zuschulden kommen lassen. Seine Kollegen aber, mit denen er bisher völlig neutral umgegangen war, schauten ihn lächelnd und schmunzelnd an, so als ob sie sich etwas ganz Bestimmtes dachten. Gerhard schaute unsicher zurück, fing aber irgendwann auch an zu lächeln, ohne eine Idee zu haben worüber. Das Lächeln war irgendwie angenehm.

Der Besuch war nicht gekommen, und es kam auch niemals mehr eine Nachricht. Den Brief hatte Gerhardt nach einer Weile weggeworfen, er wollte nicht an diese Nacht erinnert werden. Und von sich aus bei dem Absender nachzufragen wäre ihm nicht in den Sinn gekommen. Aber es war etwas geschehen, was die Atmosphäre verändert hatte. Als ob es eine ganz leichte Aufhellung zwischen ihm und seinen Kollegen geben würde. Es verunsicherte ihn, aber es fühlte sich auch ein wenig nach neuer Leichtigkeit an. Ansonsten blieb alles wie bisher und er kümmerte sich auch nicht weiter darum. Den restlichen Schnaps hatte er weggeschüttet.

Briefgeheimnis

Manuela arbeitet bei der Post. Seit zwanzig Jahren ist sie dort. Sie hat sich um ein paar kleine Stufen emporgearbeitet und ist jetzt Gruppenleiterin eines kleinen Teams in der Abteilung, die für die Sortierung und Weiterleitung der eingehenden Briefe zuständig ist. Sie kennt den „Laden", wie sie dort salopp sagen, in und auswendig. Im Wesentlichen machen Maschinen die Arbeit der Sortierung nach Regionen und Städten, in die die Sendungen geschickt werden sollen. Da aber immer noch die allermeisten Briefe per Hand adressiert werden, gibt es eine hohe Zahl von sog. Ausläufern, also Briefen, die die Maschine als „nicht identifizierbar" aussortiert. Das müssen dann Manuela und ihre Kolleginnen - sie sind nur Frauen in der Gruppe – nacharbeiten. Sie müssen dabei sehr schnell sein, denn der Durchlauf durch die Maschine hat Zeit in Anspruch genommen, und die Zustellung soll dennoch in der vorgegebenen Zeit erfolgen. Eigentlich wird erwartet, dass alle Briefe nach dem Durchlauf der Maschine absendefertig in die entsprechenden Kisten sortiert sind. Das geht natürlich nicht mit den „nicht identifizierbaren". Manuela und ihr Team haben daher angefangen, bereits zu Beginn auf dem Förderband, auf dem die Briefe laufen, nach potenziellen Ausläufern zu schauen und sie herauszugreifen, bevor die Sortiermaschine sie bearbeitet. Sie haben damit eine Reduktion der maschinellen Ausläufer um über 50% erreicht und sind mit dem Rest natürlich sehr viel schneller fertig. Sie haben dabei ein beachtliches Geschick und einen sehr genauen, schnellen Blick entwickelt für bestimmte Sendungen und Briefe.

Manuela ist – oder genauer gesagt: war - seit drei Jahren mit ihrem Freund zusammen. Er war auch bei der Post angestellt gewesen, zuletzt als Zusteller mit einer ganz guten Tour, aber schließlich wurde er im vergangenen Jahr aufgrund der üblichen Rationalisierungsmaßnahmen „freigesetzt". Eigentlich hatten sie heiraten und eine Familie gründen wollen, zumindest war das einmal eine Idee in einer besonders glücklichen Stunde gewesen. Manuela ist 35 Jahre alt und findet, das sei genau das richtige Alter dafür. Aber ihr Freund wollte nach der Kündigung nicht mehr, er hatte Angst, die Verantwortung nicht tragen zu können. Nun saß er viel zuhause herum und wartete darauf, dass Manuela von der Arbeit zurückkommt und „etwas" mitbrachte. Ihr gefiel das immer weniger. Sie fand, er lasse sich zu sehr hängen und sollte sich mehr um eine sinnvolle Tätigkeit kümmern. Deshalb kam es häufiger in der letzten Zeit zu Streit zwischen ihnen beiden.

Vor ein paar Jahren wurde bei der Post eine Beschwerdestelle eingerichtet. Kunden, die unzufrieden waren mit der Laufzeit ihrer Sendungen, konnten hier anrufen und ihre Beschwerden loswerden. Die Leute sollten freundlich beruhigt werden, sie sollten Verständnis und Anteilnahme hören, auch vielleicht vage Angebote, sich darum zu kümmern, aber natürlich konnte die Beschwerdestelle überhaupt gar nichts Effektives tun, um an den Abläufen, die zu den Fehlern führten, irgendetwas zu ändern. Dafür war sie auch nicht da. Selbst verloren gegangene Sendungen wurden nicht gesucht. Das gab es früher einmal, aber das ist lange her. Verloren ist verloren, fertig. Aber die Leute mussten natürlich als Kunden erhalten bleiben und sollten deshalb freundlich beruhigt werden. Die größte Kunst bei der Beschwerdestelle war also die der unverbindlichen, aber formvollendeten Entschuldigung. Und es wurde genauestens dokumentiert, welche Beschwerden einliefen. So wurde deutlich, dass in den letzten Jahren eine signifikante Zunahme an verloren gegangenen Sendungen festzustellen war. In einem Rundschreiben der Geschäftsführung vor einigen Wochen wurden alle Mitarbeiter auf dieses Problem hingewiesen und darauf aufmerksam gemacht, dass erstens erhöhte Aufmerksamkeit zu walten habe, zweitens aber nichts davon außen an die Öffentlichkeit dringen dürfe, um den Ruf nicht zu schädigen (was dann selbstverständlich prompt geschah: In der nächsten Woche stand es in der Zeitung).

Dieses Rundschreiben hatten auch Manuela und ihr Team bekommen. Sie sprachen kurz in der Morgenbesprechung beim Kaffee darüber, und Manuela als Leiterin bekräftigte pflichtschuldigst die Notwendigkeit erhöhter Aufmerksamkeit.

Manuela hatte insgesamt in den letzten drei Jahren 24 Briefe mitgehen lassen. Es war nicht besonders schwer, denn sie stand allein am Band, um die für die Maschine unleserlichen Briefe auszusortieren. Es gab drei Bänder, an jedem Band stand eine Person, und sie arbeiteten in Wechselschicht. Zuerst war es reine Neugier gewesen. Ein besonders schön gestalteter Umschlag und eine sympathische Handschrift weckten ihr Interesse und sie nahm den Brief an sich, steckte ihn in ihre Jackentasche und las zuhause mit einer Mischung aus heimlicher Aufregung und Angst, und sie genoss das Kribbeln des Verbotenen. Später wurde ein System daraus, als ihr Freund ihr erklärte, woran man Briefe mit wertvollem Inhalt erkennen könne. Bargeld wurde erstaunlich oft verschickt und immer wieder auf die gleiche dilettantische Weise zu offensichtlich zwischen zwei Karton- oder Briefkarten gelegt, dass man bei Briefen mit solchen eingelegten Verstärkungen eine Chance von fast 70% hatte – ansonsten kamen höchstens noch gepresste Blumen der neunjährigen Enkelin für die Großmutter in Frage oder ähnliches. Der nächste Schritt waren die von den Banken verschickten Kreditkarten. Man konnte sie leicht spüren, und mit etwas Aufmerksamkeit brauchte man nur darauf zu warten, bis eine Woche später die Geheimnummer verschickt wurde, dann hatte man beides in der Hand. Manuela war dies bereits einmal gelungen, und sie hatte sich kräftig bedient, bevor sie aus Angst die Karte und die Nummer im Müll entsorgte. Die höchste Stufe, hatte ihr Freund gesagt, sei die aktive Nutzung von Dokumenten zur Erpressung der Adressaten. Dies sei aber sehr gefährlich, denn dazu müsse man ja Kontakt aufnehmen, und so etwas sei irgendwie doch immer zurückzuverfolgen, es sei denn man verfüge über ausreichend kriminelle Energie, um einen sicheren Plan zu entwerfen.

Nach den ersten Mutproben und dem angenehmen Zusatzgeld, das sie hereinbrachte, beschlichen Manuela aber zunehmende Skrupel. Erstens war sie mit einem gewissen Ehrverständnis als Postlerin groß geworden. Sie hatte schon mit 15 nach dem Schulabschluss hier angefangen, und von Anfang an wurde ihr das Briefgeheimnis als absolute Basis des gesamten Arbeitszusammenhanges verdeutlicht. Wenn die Kunden ihre Briefe nicht mehr der Post anvertrauten, dann wäre das ganze System hinfällig. Daher hatte sie anfangs einen großen Teil ihres Engagements und ihrer Identität immer wieder mit der Wahrung genau dieser Vertrauensbasis verbunden. Sie hatte sich zum ersten Mal in ihrem Leben als ernstzunehmenden und vertrauenswürdigen Menschen empfunden, und dieses in sie gesetzte Vertrauen wollte sie unbedingt erfüllen. Erst als mit den Jahren die Routine kam, und der Blick hinter die Kulissen ihr zeigte, dass Profitinteressen letztlich bei allen mehr zählten als Kundenzufriedenheit, empfand sie dieses Gerede vom Vertrauensverhältnis manchmal als etwas verlogen. Die Skrupel kamen jetzt aber doch, denn wirklich aufgegeben hatte sie ihr altes Ehrgefühl als Postlerin nie. Und zweitens bekam sie Angst vor den Folgen. Sie brauchte den Job, würde nie woanders eine Chance haben, mochte im Grunde das Arbeitsklima und die Kolleginnen. Es gab eigentlich keinen Grund, dies alles aufs Spiel zu setzen nur wegen der möglichen Bereicherung. Als sie darüber nachdachte, wurde ihr sogar etwas übel, weil sie sich so schäbig vorkam, so gierig und rücksichtslos. Wie sollte sie aber wieder heraus kommen aus dem begonnenen falschen Spiel?

Ihr Freund war wütend geworden, als sie ihm von ihren Skrupeln erzählte. Er wollte aufspringen, sie schlagen und zwingen, mehr Geld auf diese Weise anzuschaffen. Wirklich, er gebrauchte dieses Wort, was Manuela dann aber so auf die Palme brachte, weil sie sich wie eine Prostituierte fühlte, die für ihren Zuhälter anschaffen gehen sollte, dass sie ihm ihre ganze Verachtung und enttäuschte Liebe vorwarf und ihn bat, aus ihrem Leben zu verschwinden. Er ging.

Sie ließ sich drei Tage krankschreiben, weinte stundenlang im Bett, rief einmal, ohne genaueres zu erzählen, ihre Mutter an und ließ sich ganz allgemein von ihr trösten, „wegen dem ungerechten Leben". Sie vernichtete sämtliche Briefe, die sie mitgenommen hatte, indem sie sie nach und nach auf einem Tablett verbrannte. Sie hatte ein schlechtes Gewissen wegen der bestohlenen Postkunden, hatte aber keine Idee, wie sie es wieder gut machen könnte. Vielleicht würde sie in kleinen Beträgen an Brot für die Welt spenden, dachte sie und fühlte sich schon gleich etwas besser.

Dies alles ist nun drei Wochen her. Manuela hat sich etwas beruhigt. Sie geht wieder ruhig zur Arbeit, plaudert mit den Kolleginnen, sortiert die Briefe und freut sich sogar, wenn sie einen „entsprechenden" Brief erkennt und ihn weiterlaufen lässt. So ist es richtig, sagt sie sich, damit bist du zufriedener, es geht dir besser, wenn Du ehrlich bleibst. Ihren Freund vermisst sie noch, aber sie sagt sich dann, er war doch nicht der richtige, sie wird schon noch jemand finden, nur keine Torschlusspanik. Abends macht sie sich schön, geht aus und wechselt den einen oder anderen reizvollen Blick und freut sich, dass es offensichtlich Männer gibt, die sie attraktiv genug finden, um zurückzuschauen.

Das Ende eines Seminars

Wolfgang ging die Treppe hinunter auf den Ausgang des Gebäudes zu. Ihm war etwas schwindelig und eine leichte Übelkeit beschlich ihn. Nicht schlimm, er war nicht krank, das war ihm klar. Nein, es hatte mit der hinter ihm liegenden Stunde zu tun. Etwas war mal wieder nicht ganz so gelaufen wie er es vorgehabt hatte, obwohl er wie immer gut vorbereitet gewesen war und diese Veranstaltung in dieser Form auch schon oft gemacht hatte. Dennoch war er unzufrieden, wenngleich auch jetzt sehr erleichtert, dass er es hinter sich hatte. Er hatte genau gespürt, dass kein Funke übergesprungen war, dass die Studenten mehr aus Höflichkeit denn aus Interesse zugehört hatten, dass sie mehr aus Langeweile denn aus gebannter Aufmerksamkeit schweigend dagesessen hatten. Das Gespräch in den Diskussionen und in der Schlussrunde war ausgesprochen zäh verlaufen, und als sich schließlich einige doch zu ein paar Fragen hatten erbarmen können, die dann aber so abseitig waren, dass er sie nicht wirklich plausibel beantworten konnte, lag über der Abschlussszene des Seminars eine leicht peinlich-angespannte Atmosphäre.

„Vielen Dank für Ihre Aufmerksamkeit und Ihr Interesse. Für weitere Fragen stehe ich in der Sprechstunde gerne zur Verfügung. Auf Wiedersehen!"

Prof. Dr. Wolfgang G., 49 Jahre alt, seit 20 Jahren an der Universität und in mühevoller Karrierearbeit langsam aufgestiegen und endlich vor 4 Jahren als Professor berufen worden, sogar, entgegen den Gepflogenheiten, an der eigenen Alma Mater, blieb noch in dem Seminarraum, eine gewisse Geschäftigkeit vortäuschend. Die Studenten gingen aus dem Raum, manche nickten ihm freundlich zu, keiner kam, um noch etwas zu fragen. Als schließlich alle gegangen waren, atmete er tief durch, trank noch einen Schluck Mineralwasser, nahm seine Aktentasche und ging aus dem Raum. Feierabend.

Auf der Fahrt nach Hause löste sich die leichte Übelkeit langsam auf, er entspannte sich. Die Straßenbahn zuckelte durch die Straßen, hielt immer wieder an, er schaute ohne Interesse aus dem Fenster und ließ seinen Blick ins Leere schweifen. Passanten, Schaufenster, Autos, Auslagen, Restaurants und Cafés, Wohnhäuser und Vorgärten zogen vorbei. In einer Ecke seines Bewusstseins bildete sich eine Frage heraus, die er schon lange kannte, eine alte Vertraute. Warum machst du das eigentlich? Du willst es gar nicht, und du kannst es auch nicht wirklich, und beides bedingt sich auch gegenseitig. Warum lebst du so? Und nicht anders, so wie du eigentlich leben willst? Du willst nicht Professor für Literaturgeschichte sein. Keine Seminare über vergleichende Lyrik geben. Keine naiven Studentenfragen beantworten. Du willst auch gar nicht nach Hause fahren, zu deiner Frau; die du zwar schätzt und achtest, aber ob du sie noch liebst oder gar begehrst, hast du seit vielen Jahren vergessen. Zu deinen Kindern, die kaum noch zu Hause sind, nur mal zum Essen und Schlafen hereinkommen, oder um Geld zu bitten, einigermaßen höflich, aber wenig interessiert an den Eltern, an dir schon gar nicht. Was willst du da? Wolfgang waren diese Fragen sehr vertraut, er achtete schon nicht mehr darauf. Es ist wie es ist, es ist eigentlich auch ganz in Ordnung, und fertig. Eine Alternative, eine ernsthafte, gibt es sowieso nicht. Es ist nur das übliche depressive Lamento der Midlifecrisis, das Unzufriedenheitsgejammer, dass er schon immer verachtet hatte. Dies war nun einmal der Platz, an den sein Leben ihn gestellt hatte, es war keineswegs der Schlechteste, im Gegenteil, es gab viele sehr angenehme Privilegien und Vorteile, die er sich erarbeitet hatte. Nur eben diese Seminare nicht, das war einfach der Preis für das andere.

Und niemand verlangte von ihm, ein charismatisch-unterhaltsamer Dozent zu sein.

Die Bahn ruckelte wieder an, sie hatte an einer Haltestelle gestanden und etwas länger gebraucht, weil eine Frau mit Kinderwagen Schwierigkeiten hatte und Hilfe brauchte beim Einsteigen. Wie schön, dachte Wolfgang, dass dies trotz allen Gejammers doch in der Gesellschaft funktioniert: ein Mensch hat Schwierigkeiten, und zwei andere stehen auf und fassen mit an. Für einen Moment blieb sein Blick auf dem Gesicht der Frau hängen. Sie wirkte erschöpft, aber es gab einen glücklichen Zug in ihrer Miene, der sich eindeutig auf das kleine Etwas bezog, das in dem Wagen lag, Wolfgang aber nicht sehen konnte. Er lächelte vor sich hin und schaute wieder aus dem Fenster.

An der nächsten Haltestelle stieg er aus. Er musste umsteigen, und nun hatte er ein paar Minuten zu warten, bis der Anschluss kam. An der Ecke des kleinen Platzes, an dem die Straßenbahnlinien sich kreuzten, war ein Kino. Die Inschrift und die Plakate darüber wiesen auf die aktuellen Filme hin. Heute Abend sollte ein Film laufen, der „Der Brief" hieß. Wolfgang hatte darüber bereits in der Zeitung gelesen, ein gewisses Interesse war geweckt worden. Allerdings ging er seit langem nur mit seiner Frau ins Kino, und dafür bedurfte es einige Absprachen, weil sie beide wechselnd mit häufigen Abendterminen ausgebucht waren. Meistens verzichtet er schon vorher darauf, diese Absprachen zu führen, sie waren ihm zu umständlich. Er unterstellte, dass seine Frau einen Film nicht mögen würde, obwohl er wusste, dass dies eine feige Strategie war und es seiner Frau eher gefiel, wenn er mehr Initiative in solchen Dingen zeigte und sie mitzog. Sie war eigentlich immer eine dankbare Begleitung.

Er stand an der Haltestelle und sah zu dem Kino hinüber, zu dem beleuchteten Schriftzug „Der Brief", und auf einmal fühlte er sich magisch angezogen von der Vorstellung, jetzt einfach hinüberzugehen, eine Karte zu kaufen und in dem Kino zu verschwinden. Ein Gefühl wie vor einem Abenteuer stieg in ihm auf. Einfach hineingehen, nicht mit der nächsten Straßenbahn den üblichen Weg nach Hause nehmen wie immer, sondern in das Kino. In dem dunklen Raum verschwinden, nicht mehr da sein in der Welt, eingetreten in einen dunklen Saal wie in eine Höhle, eingehüllt und geborgen. Und einen Film sehen, aus der dunklen Geborgenheit heraus, der „Der Brief" hieß. Fast war ihm als ob dieser Brief an ihn selbst gerichtet sei, eine Botschaft an ihn enthielte, die für sein Leben wichtig sei und die er wahrnehmen müsse, aber dafür müsse er in den Film gehen, anders sei die Botschaft des Briefes an ihn nicht zu bekommen.

Wolfgang musste über sich selbst lächelnd und leise den Kopf schütteln. Er sei doch ein erwachsener und gebildeter Mann, nicht wahr? Okay, er habe spontan Lust, ins Kino zu gehen, statt nach Hause zu fahren, das sei doch völlig normal. Und das andere seien Fantasien, Projektionen vielleicht, unbewusste regressive Wünsche der Psyche (er wusste etwas über Psychoanalyse), seinetwegen. Aber in Wirklichkeit ging es doch nur darum, ob er sich zwei Stunden seines Lebens einfach mal so nehmen durfte, ohne zu fragen, und sich selbst einen spontanen Genuss zu erlauben.

Diese Gedanken hatten insgesamt nur wenige Augenblicke gedauert. In der Ferne hörte er schon die Straßenbahn kommen, gleich würde sie hinter der Ecke auftauchen. Er drehte sich zur Seite und schritt auf das Kino zu. Als er den Eingang erreicht hatte, hielt die Bahn an der Haltestelle, öffnete die Türen und schloss sie wieder, und ungerührt von der Tatsache, dass Wolfgang nun nicht darin saß, fuhr sie wieder an. Er wandte sich an die Kasse: Einmal „Der Brief" bitte. Danke. Der Kinosaal war noch nicht offen, er hatte noch zehn Minuten Zeit. Sollte er schnell seine Frau anrufen und Bescheid sagen? Sie würde nichts dagegen haben, sie hatten nichts geplant heute Abend, und er wurde nicht gebraucht. Sie würde sich vielleicht sogar eher freuen, sie würde vielleicht sogar die Idee haben, schnell dazu zu kommen: er solle eine Karte hinterlegen und ihr den Platz neben sich freihalten, während des Werbeblocks käme sie dann dazu, so weit sei es ja nicht. Wahrscheinlich würde sie es ganz aufregend finden, so wie er selbst ja auch, so ganz spontan aus ihrer Alltagsroutine geholt zu werden, und würde sich im dunklen Kino sogar an ihn schmiegen, und so würde der Abend vielleicht in einer Weise weiter verlaufen, wie es schon recht lange nicht mehr miteinander gelaufen ist, wie bei so vielen routinierten Ehepaaren. Er zögerte einen Moment, er fand die Vorstellung reizvoll. Dann aber dachte er, dass zum einen er nicht sicher sein könne, dass es so verlaufen würde. Die Chance, dass nicht, sei nach der langjährigen Erfahrung ihrer Ehe mindestens ebenso groß, und dann wäre das Besondere dieses Moments hinüber. Und zum anderen reizte ihn auch gerade das Allein-Sein. Es war sein eigener, persönlicher Augenblick, den er eigentlich nicht mit seiner Frau teilen wollte. Er wollte allein sein. Er trank ein kleines Bier und ging in den jetzt geöffneten Saal

Das Licht ging aus, Werbung begann. Die besondere Atmosphäre eines Kinosaals hüllte ihn ein. Er freute sich. Ließ sich tiefer in den Kinosessel rutschen. Einige Mal lachte er leise über gelungene Werbegags. Einmal war den Leuten ein guter Slogan gelungen, den er sich merken wollte, um ihn in seinem nächsten Aufsatz als literarisches Beispiel für Mehrdeutigkeiten in der Alltagssprache zu gebrauchen. Aber bereits zwei Sekunden später hatte er sowohl den Slogan als auch die Idee, ihn zu nutzen, vergessen. Der Film begann. Eine spannende Spionagegeschichte, verwickelt und verzwickt, die Loyalitäten wechselten nach einer inneren Regel, die sich dem Zuschauer erst gegen Ende schrittweise offenbarte. Der Brief selbst war der dramaturgische Aufhänger für drei Menschen, sich auf die Reise rund um die Welt zu machen und sich gegenseitig zu suchen, sich zu jagen, sich zu schützen. In dem Brief ist jeweils der Auftrag enthalten, der aber von jedem anders verstanden wurde, bevor sich am Ende alles zum Guten wendete, nicht ohne jedoch auch das notwendige tragische Opfer zu fordern.

Wolfgang war ein wenig erstaunt über sich, als der Film zu Ende war. Zwischendurch hatte er völlig vergessen, unter welchen Umständen er hierhergekommen war, und war völlig in den Film eingetaucht gewesen. Nun wurde ihm bewusst, dass er nicht Bescheid gesagt hatte, vielleicht schon mit etwas Sorge erwartet würde. Er rief zuhause an, niemand nahm ab. Er nahm die nächste Bahn.

Als er in das Haus trat, war niemand da. Ein Zettel lag auf dem Tisch: „Essen ist im Kühlschrank, mach Dir's gemütlich, ich bin bei Barbara, die Kinder sind unterwegs. Kuss, F."

Flut

Als Franz an diesem Morgen aufwachte, war für ihn alles wie immer. Der Wecker hatte geklingelt, er hatte sich aus dem Bett gewälzt, sich im Badezimmer fertig gemacht und seinen Kaffee in der kleinen Küche aufgebrüht. Nichts deutet auf etwas Ungewöhnliches hin. Allein die Tatsache, dass seine Morgenzeitung nicht in Briefschlitz steckte, irritierte ihn. Allerdings war dies in den letzten Jahren immer mal wieder vorgekommen, nicht sehr häufig, aber doch gelegentlich, so dass Franz eine gewisse Gewöhnung bemerkte. „Ach ja, mal wieder die Zeitung nicht gebracht, wohl zu viel gefeiert gestern Abend, der Junge" dachte er mechanisch und schluckte den ersten Ärger mit einem Schluck frischem Kaffee herunter.

Franz hatte an diesem Morgen keine besonderen Verpflichtungen. Er war frei in der Gestaltung seiner Zeit, was er als Herausforderung und als Belastung zugleich empfand. Er war seit langem als so genannter „freier Mitarbeiter" für eine Zeitung tätig, die ihm gelegentlich interessante Aufträge erteilte, gerade genug um halbwegs davon zu leben in einer bescheidenen Single-Existenz ohne Verantwortung für andere. Franz war zufrieden. Glücklich: nein, das konnte man nicht sagen, aber er hatte schon lange aufgehört, sich nach dem eigenen Glück zu fragen geschweige denn danach zu suchen. Mit Anfang Vierzig waren die wesentlichen Dinge, die Voreinstellungen, längst gelaufen. „Ich habe es doch nicht schlecht getroffen" fand er und dachte weiter: „Ich bin frei und unabhängig, niemand macht mir Vorschriften, und doch habe ich ein ausreichendes Auskommen. Natürlich wäre ich gerne reicher. Aber es geht doch ganz gut". Allerdings vermied er den Gedanken an die Langeweile, die er manchmal empfand. Er vermied auch den Gedanken an die Sehnsucht nach einer Frau. Er hatte gelegentliche Affären und Onenight-Stands, durchaus. Er war auch, wie seine jeweiligen Bettgefährtinnen bestätigten, ein recht angenehmer und reizvoller Liebhaber. Aber zu mehr kam es nie – er verliebte sich nicht wirklich, und auch das eine der attraktiven und netten Frauen, deren Bekanntschaft er leicht machte, sich nachhaltiger in ihn verliebt und mit einer gewissen Beharrlichkeit um ihn geworben hätte kam nicht vor, jedenfalls nicht dass er es bemerkt hätte. „Aber das ist mir ja auch recht, ich will unabhängig sein, so eine feste Beziehungskiste ist nur ein Klotz am Bein" sagte er sich etwas trotzig, wenn ihn ein sehnsuchtsvoller Moment anflog.

Er trank seinen Kaffee aus und stellte die Tasse in seine winzige Ein-Personen-Spülmaschine. Während er den Toast aß, schaute er, in Ermangelung der Zeitung, mit einem leeren Blick aus dem offenen Fenster. Gegenüber seiner Küche war die rückwärtige Fassade des Anderhauses zu sehen, eine graue Wand mit Fenstern, die alle zu Nebenräumen der dazugehörigen Wohnungen gehörten, zu Badezimmern, Toiletten, Küchen, Fluren und sog. Kinderzimmern. Er hatte sich nie die Mühe gemacht, herauszufinden, wer in diesen Wohnungen wohnte. Das Haus hatte seine Vorderseite mit einer wahrscheinlich schönen Altbaufassade in der Parallelstraße zu seiner, sie saßen sozusagen Rücken an Rücken zueinander. Die Vorstellung gefiel ihm, und während er weiterkaute, malte er sich aus, wie die Wohnungen oder Häuser sich als Personen verhalten würden, die aneinander gefesselt und Rücken an Rücken eine dauerhafte Existenz miteinander teilen mussten, ohne sich je von ihrer Vorderansicht sehen zu können. Vielleicht war es mit den Menschen ja auch so: irgendwie aneinander gebunden, aber nie in der Lage, sich wirklich von Angesicht zu Angesicht wahrzunehmen. Aber doch mit einer Reihe von Sinnesorganen ausgestattet, die sich wie die rückwärtigen Fenster der Nebenräume gegenseitig beobachten konnten. Während Franz den Kopf schüttelte über diese absurde Metapher und sich lachend vorstellte, dass die Häuser der Stadt dann ja auch von Straße zu Straße gehen würden, um sich gegenseitig zu besuchen, oder eine sonstige Art von Eigensinn aushecken könnten, hörte er ein Geräusch, das ihn aus seiner Tagträumerei herausriss.

Der Briefkastenschlitz hatte geklappert. Sollte der Zeitungsjunge jetzt aus seinem Rausch erwacht und seine Tour doch noch aufgenommen haben? Franz freute sich und ging mit froher Erwartung zur Tür, doch da steckte keine Zeitung im Schlitz. Stattdessen kamen ihm drei Briefe entgegen, in länglichen Umschlägen, zwei graue und ein weißer, alle drei mit handschriftlicher Anschrift. Franz erhielt selten Post, zumal privat. Werbung natürlich, und Behördliches. Mit seiner Zeitung kommunizierte er nur elektronisch. Und die wenigen privaten Kontakte, die er hatte – seine alte Mutter, ein Halbbruder, zwei oder drei sog. „Kumpel" – schrieben ihm nicht, sie telefonierten gelegentlich miteinander oder trafen sich zu unregelmäßigen Kneipentouren.

Neugierig nahm Franz die Briefe in die Hand. Einfache Umschläge, mit verschiedenen Handschriften adressiert, unterschiedliche Poststempel, aber alle die gleiche Briefmarke, die gerade gängige Massenmarke mit dem Leuchtturm. Er drehte sie neugierig um. Die Absender waren ihm alle unbekannt. Eine Petra Sonnenhofer aus Ingolstadt. Dagmar Wiersen aus Cottbus. Und Heidegund Petersen aus Oldenburg in Oldenburg. Franz hatte es nicht eilig, die Briefe zu öffnen. Er hatte Zeit und dachte nach, während er mit den Umschlägen in der Hand unschlüssig vor seiner Wohnungstür stand. Es geschah etwas. Vielleicht war es sehr nebensächlich und unbedeutend, aber eine gewisse ungewöhnliche Spannung breitet sich in ihm aus. Ein Teil seine Konstitution wurde wach, schließlich war er Journalist, und er betrachtete diese Situation mit Spannung.

Was wollten diese drei Damen von ihm? Nach einem Moment des Zögerns entschied er sich, die Briefe ungeöffnet in die Tasche zu stecken und einen kleinen Spaziergang in seinem Viertel zu machen, eine nettes Café zu besuchen und dort, neben der verpassten Zeitungslektüre, auch diese Briefe zu lesen. Er drehte sich um, um seine Jacke zu greifen. Als er nach dem Schlüssel klopfte, den er wie immer in der Jackentasche vermutete, klapperte nichts – ärgerlich: wo war der Schlüssel? Er ging in der Wohnung herum und suchte an den üblichen Stellen, bis ihm der Gedanke kam, er könnte vielleicht noch außen an der Wohnungstür stecken. Dies kam manchmal vor, vor allem wenn er Sachen in die Wohnung tragen musste, so dass er nach dem Aufschließen mit den Händen nach den Taschen griff und nicht den Schlüssel gleich wieder abzog. Er ging zur Wohnungstür, vor der er eben noch mit den drei eigenartigen Briefen in der Hand gestanden hatte und drückte die Klinke herunter. Die Tür war verschlossen. Ein kurzer Schreck durchzog ihn. Was war denn los? Wieso ist die Tür verschlossen? Von innen? Und wo ist der verdammte Schlüssel? Franz dachte nicht mehr an die Briefe und versuchte sich an den vergangenen Abend zu erinnern. Hatte er bei der Heimkehr von innen abgeschlossen? Sehr ungewöhnlich, das war nicht seine Art, auch wenn es selten einmal doch vorgekommen war, meist wenn er etwas zu betrunken war und eine eigentümliche Ängstlichkeit sich in ihm ausgebreitet hatte, die er aus dumpfer Kindheitserinnerung kannte. Aber gestern war er nicht betrunken gewesen. Was war gestern passiert? Er konnte sich nicht genau erinnern.

Er setzte sich in seinen Sessel und überlegte. Gestern: vormittags hatte er eine Besprechung bei der Zeitung, anschließend war er durch die Stadt gegangen und hatte in einem netten kleinen italienischen Restaurant gegessen. An den unschuldigen Flirt mit der runden Italienerin erinnerte er sich gut und lächelte. Beim Abschied hatte sie ihm so merkwürdig zugelächelt, dass ihm für einen kurzen Moment unheimlich geworden war, aber er hatte keine weiteren Gedanken daran verbraucht, diese Gefühlsregung zu ergründen. Es war ihm lästig geworden zu erforschen, ob seine emotionale Reaktion auf ein hintergründiges, vieldeutiges Lächeln einer Frau mit seiner gestörten Mutterbeziehung, seiner verunsicherten Männlichkeit oder seinem als Freiheitssehnsucht getarnten zwanghaften Kontrollbedürfnis, das durch subtile Mehrdeutigkeit gefährdet war, zurückgingen. Mit all diesen Themen hatte er sich exzessiv in den Psychojahren zwischen Dreißig und Vierzig beschäftigt und war dabei in seiner Selbsterkenntnis ein „gutes Stück" weitergekommen – jedenfalls hatten das die jeweiligen Therapeuten immer behauptet und er hatte es dankbar angenommen. Also, die Italienerin – nein, sie hatte seinen Schlüssel vermutlich nicht, und sie hatte ihn wohl auch nicht abends in seiner Wohnung eingeschlossen und war davongegangen, obwohl ihm dieser Gedanke auf etwas schräge Weise reizvoll vorkam. Vielleicht würde die Italienerin sich bald melden und sexuelle Aktivitäten von ihm als Preis für seine Freilassung aus seiner eigenen Wohnung erpressen? Franz rief sich zur Ordnung. Der Schlüssel!! Und die Wohnungstür. Er atmete tief durch – nun ja, alles keine echte Katastrophe. Er würde halt den Schlüsseldienst anrufen und sich befreien lassen, etwas teuer zwar, aber machbar. Halt! Was war gestern Abend? Er hatte die Frage noch nicht geklärt. Nach dem Italiener war er nach Hause gegangen, hatte etwas geschlafen, am Nachmittag dann hatte er sich auf den Weg in die Stadtbibliothek gemacht, um für seinen nächsten Artikel zu recherchieren, dort hatte er bis zum Abend gearbeitet, durchaus mit Erfolg und zu seiner Zufriedenheit. Schließlich war er noch auf ein paar Bierchen in eine seiner üblichen Kneipen gegangen, allein, ohne Bedarf an Kontakten irgendeiner Art. Dort – jetzt dämmerte etwas ganz vage – hatte sich ein etwas undurchsichtiger Mensch zu ihm gesetzt und auf ihn eingeredet, wirres Zeug und privates Drama, alles Mögliche an Lebensmüll, den Menschen so zu produzieren in der Lage sind. Franz war zuerst nicht in der Lage gewesen, diesen Menschen loszuwerden, und auf eine seltsame Weise war er auch ein wenig fasziniert von ihm. Hatte dieser Typ etwas mit dem verlorenen Schlüssel und der verschlossenen Wohnungstür zu tun? Er erinnerte sich nicht mehr, wie der Abend verlaufen war. Vielleicht hatte er doch zu viel getrunken? Waren die beiden sich doch nähergekommen? Er wusste es nicht mehr.

Franz hielt inne. Wieder ein Geräusch an der Tür. Wieder der Briefschlitz. Er stand auf und ging schnell zur Tür, um durch den Spion denjenigen zu sehen, der jetzt an seiner Tür stehen musste. Vielleicht konnte der ihm helfen, ihm sagen, ob der Schlüssel außen steckte und ihn herein werfen. Aber als er an der Tür war und durch den Türspion sah, war niemand mehr zu sehen. Auch auf sein lautes Fragen „Ist da jemand?" antwortete niemand. Aber im Briefschlitz steckte diesmal ein dickes Bündel von Briefen, mindestens zehn. Unterschiedliche Formate und Farben, alle augenscheinlich handschriftlich adressiert. Er erinnerte sich an die vor kurzem erhaltenen drei Briefe, die noch in seiner Jackentasche steckten und die er wegen der Aufregung um den Hausschlüssel völlig vergessen hatte. Er griff in seine Tasche, fast erschrocken, als ob er befürchtete, dass die Briefe zwischenzeitlich verschwunden sein könnten, aber sie waren natürlich noch da, alle drei. Gut. Er griff nach den neuen Briefen, zog sie aus dem Schlitz heraus und hielt sie in der Hand. Was war hier los? Was war das für ein Tag? Irgendetwas stimmte doch nicht, oder? Nein, alles normal, spinn nicht herum, ermahnte er sich. Für alles gibt es eine rationale Erklärung. Die Sache mit der Tür und dem Schlüssel wird sich erledigen, vermutlich habe ich ihn an irgendeine untypische Stelle gestern Abend gelegt, er wird sich schon finden, ich muss nur suchen. Und diese Briefe – nun ja, ich habe sie ja noch nicht einmal geöffnet und gelesen. Also: mach Dir zuerst noch einen Kaffee. Und dann lies. Und, ironisch: „Vermutlich schreiben all die verflossenen Geliebten, deren Namen Du vergessen hast, dass sie immer noch an Dich denken und Dich begehren, Du alter Schwerenöter".

Monika Gelber aus Bochum. Gertrud Schwan aus Wiesbaden. Gesine Hundertjahr aus einem Dorf namens Friedrichswalde nahe Berlin. Jessica Friedel (in seinem Alter einen Brief von einer Jessica zu bekommen fand Franz ein wenig anrüchig) aus Hanbüchen. Maria Ekkers aus Cuxhaven. Elisabeth Schöne aus Leipzig. Waltraudt Peters aus Heilbronn. Sieglinde Wohlgemuth aus Dreifalten bei Garmisch. Bettina Fritsche aus Siegburg. Astrid Großmund aus Kassel.

Franz las die Absender. Alle waren in individueller Handschrift geschrieben, alle sorgfältig, manche wie gemalt, manche flüssig und schnell, manche rund, manche eher zackig. Allen konnte man ansehen, dass es weibliche Schriften waren, dachte Franz, er glaubte das an der irgendwie harmonischeren Schönheit erkennen zu können. Keiner löste auch nur eine entfernte Erinnerung in ihm aus. Er nahm willkürlich einen aus dem Stapel heraus und öffnete ihn mit seinem Brieföffner. Der Brief von Gesine. Ein weißer Bogen Papier kam zum Vorschein, großzügig beschrieben, mit der Hand, runde, weiche Züge. *Mein lieber Franz* war die Anrede, dann: *Ich muss viel an Dich denken* … Weiter kam er nicht. Wieder ein Geräusch.

Diesmal stand Franz an der Tür und sah zu, wie wieder und wieder Briefe durch die Tür geschoben wurden. Er klopfte von innen an die Tür und rief: „Wer ist da? Woher kommen diese Briefe?" Aber es kam keine Antwort. Als schließlich ein großer Haufen von vielleicht sechzig oder siebzig Briefen vor ihm lag, versiegte der Strom und Franz konnte hören, wie sich Schritte im Treppenhaus entfernten. Ihm wurde etwas feucht unter den Achseln. Was sollte das? Wie ging das weiter? Er hob die Briefe nicht auf, schob sie einfach mit dem Fuß beiseite. Flüchtig erkannte er, dass auch diese Briefe alle fein säuberlich mit der Hand adressiert waren an: Franz Wagenicht, Herbertstr. 37 b, 20365 Hamburg. Und auf den Rückseiten weibliche Absender. Franz schwitzte. Er hatte immer noch nicht einen der Briefe gelesen, hatte nicht die geringste Ahnung, was hier vor sich ging. Er ging zurück zu seinem Sessel und nahm das Schreiben von Gesine Hundertjahr aus Friedrichswalde wieder auf, um aus ihrem Brief etwas über den Grund dieser seltsamen Flut von Briefen zu erfahren. Er las:

Du kennst mich natürlich nicht, obwohl ich schon so lange auf Dich warte und mich Dir verbunden fühle. Nun ist der Moment gekommen, wo ich nicht länger warten konnte und Dir schreiben musste. Weißt Du, seit ich einmal von Dir gehört habe, in einer Radiosendung vor vielen Jahren war es, glaube ich, dass Du der Mann bist, auf den ich immer gewartet habe. Der für mich bestimmt ist. Für den ich bestimmt bin. Nun ist es heraus und Du musst Dich mir stellen und zeigen. Komm zu mir, lieber Franz, ich werde Dich erwarten. Deine Gesine, für immer!

Was sollte denn das?, dachte Franz. Meine Güte, wie kommt die denn darauf? Ganz schön dreist. Ganz schön mutig. Ganz schön unheimlich.

Es klappte wieder an der Tür. Franz drehte sich nur um, unfähig, sich eine Meinung zu diesem Vorgang zu bilden. Wieder raschelte eine Welle von Briefen herein, es schien gar nicht aufzuhören, und doch war irgendwann endlich wieder Stille, die Schritte verhallten im Flur. Unschlüssig und langsam stand Franz auf, um sich die steigende Menge an Briefen anzusehen. Es war die gleiche Art von Briefen wie bisher, mit immer neuen Absendern. „Wollen die alle was von mir?" stotterte er leise vor sich hin. „So viele Frauen habe ich im Leben nicht gesehen …". Er schob den Haufen wieder an die Seite, es mussten über hundert sein. Einen nahm er zögernd heraus, der Absender lautete: Heidrun Göse aus Anklam. Er öffnete im Stehen, las:

Hallo Franz. Du musst Dir endlich klar werden, was Du willst. Ich werde nicht länger auf Dich warten, nachdem ich nun schon zwanzig Jahre hinter Dir her bin. Und glaube nicht, dass du ungeschoren davon kommst. Du wirst bezahlen, so wahr ich Heidrun heiße. H.

Franz erschrak, aber gleichzeitig lachte er auch laut auf. In diesem Moment klapperte der Briefschlitz wieder, der unheimliche Briefträger konnte gar nicht bis zu seinem Postamt gekommen sein, er musste die Briefe direkt vor dem Haus aufnehmen und hochtragen. Es hörte überhaupt nicht auf zu klappern, es schien, als ob hunderte von Briefen herein geschoben würden. Ein Alptraum, dachte Franz, es ist ein Alptraum, zum Glück ist es nur ein Alptraum. Aber er wachte nicht auf. Er schob den Haufen wieder beiseite, der halbe Flur war bereits bedeckt mit Briefen, offenbar alle von Frauen, die irgendetwas von ihm wollten.

„Ich muss etwas unternehmen, ich muss hier weg, das geht doch nicht, wenn das so weitergeht, was verdammt noch mal ist hier eigentlich los?" flüsterte er vor sich hin. Er ging in die Küche, um sich den Kaffee zu machen, an den er vorhin gedacht hatte. Ein gewaltiger Schreck erfüllte ihn, als er die Tür öffnete: der Boden war knöchelhoch mit Briefen bedeckt, zum Fenster hin stiegen die Briefe zu einem Berg an, wie eine sanfte Düne ergoss sich ein Hang von Briefen vom Fenstersims aus in die Küche. Franz stand wie erstarrt, dann löste sich etwas in ihm, er sprang zurück, rannte über die im Flur liegenden Briefe an dem schon wieder begonnenen Briefeinfluss aus dem Briefschlitz in der Tür in sein kleines Wohnzimmer, wo das Telefon stand. Er musste etwas tun. Die Feuerwehr anrufen, die Tür aufbrechen lassen, die Polizei um Hilfe rufen, hier erlaubte sich jemand einen verdammt üblen Scherz mit ihm, es musste dem Treiben Einhalt geboten werden. Er nahm den Hörer ab, Freizeichen, ja zum Glück – aber was hatte er geglaubt? Dass Gespenster oder

Kriminelle sein Telefon abgeschaltet hätten? Absurd, natürlich ging das Telefon. *„Ja, Feuerwehr, was kann ich für sie tun?"* ... *„Wie bitte, sagen Sie das noch einmal: sie ersticken in einer Flutwelle von Briefen in ihrer Wohnung und können nicht heraus, weil sie eingeschlossen sind? Habe ich sie richtig verstanden? Ok, ich glaube, sie brauchen eher einen Psychiater als uns. Geht es Ihnen sonst gut?"* Franz legte auf. Niemand glaubte ihm. Er glaubte sich selbst ja nicht. Das konnte ja gar nicht wahr sein, was hier gerade in seiner Wohnung geschah. Die Fenster des Wohnzimmers nach draußen waren geschlossen. Er würde eines öffnen und nach unten auf die Straße sehen, dort würde er vielleicht etwas sehen. Er erwartete einen Lieferwagen, schwarz vermummte Gestalten, die Säcke von Briefen hereinschleppten. Vielleicht lag eine Verwechslung vor, vielleicht sollte irgendein Promi mit seiner Fanpost beliefert werden – aber nein, es fiel ihm ein, die Briefe waren an ihn adressiert, an ihn: Franz Wagenicht, keine Verwechslung. Er sah zum Flur zurück, der Stand der Briefe im Flur stieg immer weiter, langsam bildete sich ein Berg direkt vor dem Briefschlitz, das musste doch zu einem Versiegen führen, dachte Franz. Er griff wieder zum Telefon, wollte einen Schlüsseldienst anrufen. Die Leitung war still. Franz wurde heiß und kalt. Er öffnete das Fenster, beugte sich heraus und sah nach unten: es war nichts Auffälliges zu sehen. Die Straße wie immer, Menschen gingen hin und her, Autos fuhren, kein Lieferwagen, keine schwarzen Gestalten. Franz trat zurück, wollte für einen Augenblick beruhigt sein, da gefror es ich seinen Adern: durch das offene Fenster segelten Briefe in sein Wohnzimmer, wie aus einem unsichtbaren Lager ausgeschüttet, ein unaufhörlicher Strom, der in kurzer Zeit bereits auch vor dem Wohnzimmerfenster eine abfallende Düne bildete, über die immer mehr Briefe hinein rutschten. Weibliche Handschriften: schöne, runde, weiche, kantige, schroffe, fließende, gemalte, unauffällige, markante, wichtigtuerische, bescheidene, kleine, zarte, mädchenhafte, herrische, machtvolle, bestimmende, diskrete, vorsichtige, auftrumpfende, bedrohliche, verständnisvolle, schüchterne. Ein unaufhörlich scheinender Strom von weiblichen Schriften an ihn ergoss sich aus allen Öffnungen, die die Wohnung zuließ, hinein. Franz stand nur noch da und staunte. Der Versuch, die Fenster wieder zu schließen, scheiterte, mit keiner Kraftanstrengung gelang es ihm, gegen den einströmenden Fluss von Briefen anzukommen. Ein Blick nach unten allerdings belehrte ihn sofort darüber, dass er sich in einer eigenartigen Parallelwelt befinden musste – auf der Straße nahm niemand Notiz von den Vorgängen an seinem Fenster. Scheinbar schien außerhalb seiner Wohnung niemand etwas von dieser eigentümlichen Bedrohung mitzubekommen. Alles war völlig normal, die Welt draußen, selbst die Etagennachbarn regten sich nicht. Die mussten doch das ständige Auf und Ab im Treppenhaus zur Kenntnis genommen und sich über die Störung beschwert haben, dachte Franz, die sind doch sonst nicht so zurückhaltend. Aber er kam ja nicht heraus … Ja, heraus. Er musste den Schlüssel suchen. Die Tür aufbrechen. Herauskommen aus dieser unheimlichen Wohnung, die sich plötzlich irgendwelchen finsteren Mächten als Briefkasten zur Verfügung gestellt hatte. Lauter Dämonen, Monster, teuflische Instanzen wollten mithilfe unschuldiger Briefe von erfundenen Frauen sein Leben zerstören. Aber warum? Was hatte er getan? Gegen welchen Gott hatte er sich versündigt? Wo war der verfluchte Schlüssel? Unter den Möbeln konnte er schon kaum noch suchen, die Böden waren bereits zu fünfzehn Zentimetern mit Briefen bedeckt.

Gabi, Jennifer, Magdalene, Adeline, Kira, Antje, Margot, Carmen, Johanna, Helga, Susanne, Martina, Arabella, Beate, Xenia, Merit, Svenja, Naomi, Nora, Sara, Karina, Edeltraut, Ute, Ilse, Isolde …

Wo war der elende Schlüssel? Franz fluchte und suchte, stieg über die Briefe durch den Flur, schwankte über den unsicheren Boden hin und her, rutschte aus, fiel hin, krabbelte wieder hoch, robbte weiter, unter sich ein Meer von Briefen. Papierstaub stieg ihm in die Nase, er musste niesen. Er krabbelte weiter, auf sein Schlafzimmer zu. Es musste ihm gelingen, in dieses Zimmer zu gelangen. Es lag am Ende des Flurs, die Flut der Briefe konnte dort noch nicht so hochgestiegen sein. Er robbte hin, tatsächlich, nur ein paar Briefe waren kurz vor die Schlafzimmertür gerutscht. Er öffnete die Tür, zwei Briefe rutschten hinter ihm her, von Angelina und von Erika, es gelang ihm, die Tür direkt hinter sich zu schließen. Die Fenster waren geschlossen. Hier war er sicher. Er atmete tief durch. Eingeschlossen in der eigenen Wohnung, im eigenen Schlafzimmer, aber erst einmal in Sicherheit, gerettet vor dieser sinnlosen, absurden, völlig unrealistischen Briefflut. Er legte sich auf sein Bett. Auf einmal merkte er, wie er zitterte. Am ganzen Körper. Angst kroch in ihm hoch, diffuse und unberechenbare Angst. Er hatte nicht die geringste Vorstellung, was zu tun sein könnte. Wieviel Zeit an diesem verrückten Tag war vergangen? Verging die Zeit überhaupt, wenn solche Dinge geschahen wie diese? War er in ein schwarzes Loch der Möglichkeiten gerutscht, aus Versehen, und alle Wahrscheinlichkeiten und Naturgesetzlichkeiten hatten sich in einem winzigen Fenster, in dem er selbst sich dummerweise befunden hatte, um ein kleines Grad an logischer Plausibilität verschoben, so dass nun gerade dies hier in diesem kleinen Raum von wenigen Quadratmetern den neuen Naturgesetzen entsprach und nur sein träger, müder Geist nicht in der Lage war, das zu erfassen? Und wie würde es weitergehen?

Er dämmerte ein wenig ein, mehr aus Erschöpfung und verzweifelter Ratlosigkeit.

Er zuckte zusammen. Geräusche an der Zimmertür. Etwas drückte gegen die Tür, das war zu hören. Kein Klopfen, kein Hämmern, eher ein langsam und stetig zunehmender Druck von etwas Amorphem. Die Zarge ächzte leise, die Tür schien ein wenig nach innen eingedellt zu sein. Franz erschrak erneut, Schweiß brach aus. Hörte das denn nie auf? Sollte er an diesem sinnlosen Briefen ersticken und zerquetscht werden? Wurde er bestraft wie das ungehörige Volk Gottes mit der Sintflut? Sollte er in den Fluten untergehen wie die Ägypter im Roten Meer? Aber warum? Warum? Nur weil er nicht besonders fromm war? Na, da war er nicht allein, lieber Herrgott, da müssen aber andere auch ran. Außerdem: Warum gerade mit Frauenbriefen erstickt werden? Seltsame Folteridee eines grausamen Gottes. Die Türzarge ächzte lauter. Ein diffuses Rascheln hinter der Tür deutete an, was Franz sich nicht vorzustellen vermochte und doch die einzige Vorstellung war, die er sich machen konnte. Unter der Tür hatten sich bereits etliche Briefe durchgeschoben, allen voran die beiden von Angelina und Erika, die es als erste mit ihm hineingeschafft hatten. Er nahm in Ermangelung einer anderen Idee den von Erika auf und öffnete ihn, zitternd und nass geschwitzt.

Franz, Franz! Worauf wartest Du? Ich bin Erika, Du weißt schon. Nun stell dich nicht so an. Trau Dich, sonst wird es nie etwas. Und du wirst sehen, es geht schon. Also los. Ich bin bei Dir. Deine Dich liebende Erika.

Aus irgendeinem Grund hatte Franz angefangen zu weinen. Tränen flossen über sein Gesicht und tropften auf den Brief von Erika, Erika Grashorn aus Radebeul. Die Tür ächzte immer laute, in wenigen Augenblicken würde sie dem Druck der gewaltigen Menge der Briefe nachgeben müssen und zerbersten, und die Flut würde sich in das Zimmer ergießen. Und dann würde es noch eine Weile dauern, bis er unterginge, erstickt oder an der Wand zerquetscht, ein elendiges Ende.

Was sollte das: trau Dich? Was willst Du von mir, Erika?

Auf seinem Nachttisch lag ein Kugelschreiber. Er wollte ein letztes Wort schreiben, auf der Rückseite von Erikas Brief. Einen Abschiedsbrief. Ein Testament. Irgendetwas. Es kam ihm kitschig vor, aber etwas anderes fiel ihm nicht ein. Als er den Stift ansetzte, schrieb seine Hand etwas anderes.

Liebe Erika …

Das Ächzen hinter der Tür verstummte.

Liebesbrief

Hannelore fährt jeden Tag mit dem Bus über etliche Kilometer von ihrem Dorf in die Großstadt. Dort macht sie eine Weiterbildung, die dritte oder vierte nach ihrem Realschulabschluss vor sechs Jahren, so genau hat sie nicht mitgezählt. Das Arbeitsamt hat ihr sogenannte Qualifizierungsmaßnahmen empfohlen und bezahlt sie auch für sie, also will Hannelore sich nicht beklagen. Ihre Beraterin beim Arbeitsamt gibt sich wirklich viel Mühe, und Hannelore weiß im Grunde genau, dass das Problem darin besteht, dass sie selbst eigentlich gar nicht weiß, was sie gerne tun bzw. lernen möchte. Sie fühlt sich völlig durchschnittlich, normal weg, wie man so sagt, ohne besondere Stärken oder Schwächen. Sie könnte alles arbeiten, was mit einem mittleren Einsatz und halbwegs vorhandener Intelligenz zu tun wäre, also jede Art von Hilfs- und Zuarbeit einer einfachen Arbeiterin oder Angestellten. Früher hätte es so etwas gegeben, aber heute musste man ja ein höchst individuelles Profil haben, eine persönliche Stärken/Schwächen-Bilanz, und vor allem eine genaue Zielvorstellung. Hannelore hatte dies auch, sie hatte es ihrer Sachbearbeiterin im Arbeitsamt auch gesagt: sie wollte mit einer einfachen Arbeit in einem anständigen Betrieb genug Geld verdienen, um sich einen netten Lebensunterhalt zu ermöglichen, ohne irgendjemandem auf der Tasche liegen zu müssen, weder den Eltern noch dem Staat. So einfach war das. Aber so einfach wollte die Welt der Lohnarbeit sie nicht haben. Sie sollte Qualifikationen haben. Besondere Erfahrungen und spezielle Kompetenzen. Diese seien selbst im sog. Niedriglohnsektor inzwischen erforderlich, so das Arbeitsamt. Und deshalb machte Hannelore jetzt im sechsten Jahr Qualifizierungsmaßnahmen mit, um sich spezifische Kompetenzen anzueignen, die ihre Chancen erhöhen würden. Hannelore machte das brav mit, zumal sie gar keine andere Möglichkeit hatte, denn immerhin war dies die Voraussetzung, um überhaupt Geld vom

Arbeitsamt zu bekommen. Sie versuchte zwar nebenbei immer wieder, auf eigene Initiative hin einen einfachen Job zu bekommen, aber der Markt war tatsächlich, genau wie die nette Frau vom Arbeitsamt immer wieder betonte, an solchen Leuten wie ihr nicht interessiert. Die gab es aus Polen und Tschechien billiger.

Hannelore mache jetzt eine Fortbildung in Buchhaltung. Sie war nicht besonders daran interessiert, wie sie überhaupt an nichts ein besonderes Interesse hatte, aber sie war dabei, verfolgte den Unterricht ausreichend und verstand zumindest die Hälfte dessen, was ihr vorgetragen wurde, was reichte, um die Abschlussprüfung in einem Jahr zu bestehen. So wurde es zumindest immer wieder versichert. Sie hatte auch in der Vergangenheit jede Prüfung zumindest ausreichend bestanden, war noch nie durchgefallen, hatte aber auch noch nie in irgendeinem Fach besonders brilliert.

Jetzt saß sie im Bus in die Stadt und las sich noch einmal ihre Unterlagen durch. Heute sollte es eine kleine Prüfung, einen schriftlichen Test, in Kalkulation geben. Sie sah auf ihre Aufzeichnungen und versuchte sich zurecht zu finden. Auch im Rechnen hatte sie die üblichen Schwierigkeiten, sie konnte sich nicht wirklich in der abstrakten Welt der Zahlen bewegen. Also mühte sie sich immer wieder redlich, die auswendig gelernten Regeln der Grundrechenarten und der Kalkulation anzuwenden und damit quasi im Blindflug halbwegs annähernd ein plausibles Ergebnis herauszubekommen. Da sie diesbezüglich recht gewissenhaft war, gelang ihr das auch erstaunlich oft, so dass sie sogar ein gelegentliches Lob bekam, obwohl sie zugeben musste, dass sie nicht wirklich das Prinzip durchschaut hatte, um das es eigentlich ging.

Während sie also in ihre Aufzeichnungen schaute und versuchte, die mitgeschriebenen Regeln auswendig zu lernen, glitt neben ihr die trübe, nasse, graue Novemberlandschaft einer Großstadtumgebung vorbei. Sie schaute nicht hin, schon seit Ewigkeiten nicht mehr, es gab nichts Sehenswertes. Obwohl, das stimmt nicht ganz: oft genug schaute sie durchaus hinaus aus dem Busfenster, obwohl es nichts Sehenswertes gab. Sie schaute dann aber gerade durch diese nichts sagende Umgebung hindurch, selbst wenn sie an einem Haus, einem Auto oder einem Menschen hängen blieb. Schon eine Sekunde später hätte sie aber nicht mehr sagen können, was sie denn eigentlich gerade gesehen hatte.

Insofern war es sehr erstaunlich, was nun geschah. An einer Haltestelle auf halbem Weg wollte eine Gruppe von Schulmädchen aus dem Bus aussteigen. Hannelore schaute kurz aus ihren Aufzeichnungen auf und ihr Blick heftete sich gedankenlos an eines der Mädchen, deren große Tasche ihr etwas schief über die Schulter hing. Im Gedränge an der Tür, die sich nicht sofort öffnete, so dass die Mädchen unruhig wurden, fiel etwas auf den Boden. Hannelore hatte es erst registriert, als die Mädchen den Bus bereits verlassen, die Tür geschlossen und der Bus wieder angefahren war. Direkt neben ihr auf dem Boden lag ein Briefumschlag. Der Bus war relativ leer geworden, die meisten stiegen an der Haltestelle des Schulzentrums oder am Bahnhof aus, die letzte Strecke bis zu ihrer Haltestelle war kaum noch jemand mit im Bus. Hannelore spürte eine eigenartige Veränderung, die sie so nicht kannte: eigentümlich aufgeregt und mit klopfendem Herzen schaute sie auf diesem Umschlag zu ihren Füßen. Im Grunde ahnte sie schon, dass sie diesen Umschlag jetzt aufheben würde und sich dadurch ihr Leben verändern würde. Aber natürlich dachte sie das nicht in dieser Klarheit, ganz im Gegenteil. Sie war stattdessen voller Unrechtsbewusstsein und Angst, als sie den Brief aufhob. Mit zitternden Fingern schob sie den Umschlag zwischen die Seiten ihrer

Aufzeichnungen. Sofort war sie wieder beruhigt. Der Brief war ihr aus den Augen, sie hatte die Sache unter Kontrolle. Sie wandte sich in entschiedener Eindeutigkeit ihren Aufgaben wieder zu.

Sie hatte den Test bestanden. Auf der Rückfahrt im Bus am Ende des Tages, alles war dunkel, dachte sie noch einmal über den Tag nach. Der Test war schwer gewesen, und sie hatte mal wieder keine Vorstellung davon gehabt, worum es bei den Aufgaben ging. Aber sie hatte tapfer auf die Signalworte hin („rechne aus", „kalkuliere") die Rechenregeln angewandt, und es hatte ausreichend oft gestimmt. Während sie so darüber nachdachte, viel ihr plötzlich die Sache mit dem Briefumschlag wieder ein. Jetzt war sie weniger aufgeregt, in einer Art einfältigen Überlegung fand sie, dass durch den halben Tag, den der Umschlag nun schon in ihrer Tasche verbracht hatte, er im Grunde genommen rechtmäßig in ihren Besitz übergegangen sei, sie im Grunde genommen die wirkliche Empfängerin sei.

Sie öffnete und las:

„Liebste Mausi! Ich denke nur an dich, den ganzen Tag! Ich träume von dir, wirklich! Wann treffen wir uns? Dein Schnuckel"

Auf rosa Papier, in ungelenker Schülerhandschrift, und umrahmt von vielen vielen kleinen Herzchen. Außerdem befand sich noch ein gepresstes Blütenblatt in dem Umschlag, das Hannelore herausnahm und gedankenverloren an ihre Nase führte. Es roch tatsächlich noch etwas.

Es war der erste Liebesbrief, den Hannelore in ihrem Leben bekommen hatte. Sie legte ihn in ihr Tagebuch und schrieb dazu: *Liebes TB, heute habe ich meinen ersten Liebesbrief bekommen. Du kannst Dir nicht vorstellen, wie eigenartig das zustande gekommen ist, aber es ist tatsächlich passiert. Ich weiß nicht, wie es weitergehen soll, aber es wird etwas passieren. Ich muss mich jetzt auf eine Familie vorbereiten und solche Sachen, weißt Du. Deine H.*

Seit diesem Tag war Hannelore zielstrebiger. Sie hörte mit der Buchhaltungsweiterbildung auf und begann eine Ausbildung in Hauswirtschaft. Über den Brief sprach sie mit niemandem. Aber sie hatte das Gefühl, das ihr Leben nun einen Sinn bekommen hätte. Und obwohl sie diesen Sinn nicht hätte formulieren können, war sie doch auf eine sympathische Weise bereit, ihn zu verfolgen.

Lisas Gang

Lisa ist Tochter einer italienischen Einwandererfamilie. Eigentlich sagt man: Gastarbeiterfamilie, so war die Bezeichnung damals, aber nun sind sie Einwanderer, Immigranten. Lisa ist das aber relativ egal. Sie ist 27 Jahre alt, sie spricht fließend deutsch – manchmal sagt sie dazu: Ich kann inländisch sprechen, niemand lacht, aber sie findet das lustig, und sie hat lauter deutsche Freunde und Bekannte. Sie pflegt keine italienischen Heimwehrituale wie das noch die Eltern bei jedem Spaghetti-Essen taten, sie lebt und ist da, wo sie lebt, ganz zufrieden, und niemand macht ihr das streitig.

Lisa arbeitet als Putzhilfe in einer Kolonne mit, die die großen Bürohäuser in der Innenstadt putzt. Sie hat damit vor zwei Jahren angefangen, zuerst als Nebenjob, weil sie eigentlich doch noch studieren wollte, dann aber hat sie mehr gearbeitet und den Termin für die Einschreibung verpasst, wie schon all die Jahre zuvor auch, und nun verdient sie eigentlich gar nicht so schlecht, findet sie. Sie bilden eine nette internationale Truppe. Ihre Kolleginnen kommen aus aller Herren Länder, wenn auch die osteuropäischen Nationen am stärksten vertreten sind. Lisa mag die slawischen Töne der Stimmen, die eher herben und schmalen Gesichter und vor allem die schwarzen Augen zu der hellen Haut sehr gerne. Sie findet sich selbst mit ihrem leichten südländischen Teint, um den die Slawinnen sie beneiden, zwar auch schön, aber das Helle gefällt ihr doch besser. Sie reden viel bei der nächtlichen Arbeit, und obwohl sie einen engen Zeittakt haben, können sie dabei doch ihren Spaß haben, das gefällt ihr. Manchmal steht sie vor einem Schreibtisch und schaut sich die Fotos an, die irgendein Mitarbeiter der Firma, die hier ihr Büro hat, von seiner Familie aufgestellt hat, und stellt sich vor, wie diese Familie wohl in Wirklichkeit wäre. Dann träumt sie sich für einen Moment in diese Familie hinein, bis eine Kollegin vom anderen Ende des Raumes ruft: He, Lisa, nicht schlafen, wir arbeiten doch nicht für Dich mit, los, arbeite!! und lachen laut.

Sie hat eine nette kleine Wohnung in einem Wohnheim, wo auch viel andere aus der Kolonne wohnen. Sie ist nicht teuer, und es gibt ein paar einfache, aber gemütliche Gemeinschaftsräume, wo sie sich in der Nacht nach der Arbeit oder am Nachmittag nach dem Schlafen zum Kaffeetrinken treffen.

Nur leider hat Lisa keinen Freund. Die meisten ihrer Kolleginnen sind sogar verheiratet, oder zumindest haben sie einen Freund, aber Lisa hat keinen. Sie hat ein paar Mal Pech gehabt mit ihren Liebhabern, und so ist sie vorsichtig geworden, obwohl es ihr doch irgendwie fehlt. So langsam merkt sie, wie sie sich daran gewöhnt, allein zu leben. Jedenfalls, denkt sie schmunzelnd und etwas traurig, lebe ich ohne Mann, ansonsten bin ich ja nicht alleine, ich habe ja diese Frauen alle hier. Wenn sie aber in ihrem Bett liegt und mit ihren Händen an ihrem Körper entlangfährt, denkt sie, dass könnten doch jetzt auch Männerhände sein, das würde ihr gefallen, wenn feste Männerhände ihren Körper entlang streichen würden, und den Männerhänden, denkt sie glucksend, würde es bestimmt auch gefallen. Eigentlich träumt sie von dem Prinzen, der vorbeikommt und sie mitnimmt.

Es gibt zwar nicht viele Chancen für Lisa, einen Mann kennenzulernen, denn sie arbeitet ja abends und nachts, und sie macht sich selbst darüber keine wirklichen Gedanken, diese wenigen Chancen herauszufinden und zu nutzen, denn eigentlich ist alles so wie es ist ganz in Ordnung. Nur wenn sie bei den Eltern zu Besuch ist und die Mutter jammert, dass sie immer noch keinen Mann hätte, und der Vater klagt, dass sie keinen richtigen Beruf hätte, wenigstens Serviererin hätte sie lernen müssen findet er, dann denkt sie auch für einen Moment, dass sie doch ihr Leben irgendwie vergeude und es nicht immer so weiter gehen könne. Aber diese Anwandlung ist schnell wieder vorbei, und dann freut sie sich und scherzt mit ihrer Mamma auf Italienisch.

Nun gibt es ein kleines Geheimnis, das Lisa seit einigen Tagen mit sich herum trägt. Sie bewahrt es in ihrem Herzen, und weil niemandem etwas auffällt und sie fragt, ob sie vielleicht etwas zu verbergen habe oder ob alles in Ordnung sei, gibt es auch keine Gelegenheit, ihr Geheimnis in Andeutungen zu offenbaren. Sie muss es weiter in sich tragen. Sie hat nämlich vor einigen Tagen einen Brief bekommen, in dem ein ihr völlig unbekannter Mann bekennt, dass er sie wiederum schon lange kenne und immer wieder sehe und beobachte, und sie unbedingt kennen lernen wolle, ob sie sich mit ihm treffen könne. Lisa war das sehr unheimlich gewesen, so einen Brief zu bekommen, denn sie bekam sonst nie Post außer von der Tante aus Palermo, und so hatte sie den Brief erst vorsichtig mit in ihre Wohnung genommen, und ihn vor sich auf den Tisch gelegt und eine Weile betrachtet, bevor sie ihn schließlich doch mit einem Ruck der inneren Überwindung geöffnet hatte. Woher sollte dieser Mann sie kennen? Und was wollte er wirklich? Sie nur ausnutzen? Rumkriegen? Und dann sitzen lassen? Außerdem brachte der Brief die ganze leichte Ordnung durcheinander, in der sie lebte, also ließ sie ihn erstmal liegen und tat so als ob nichts geschehen sei. Wenn er der Prinz ist, soll er selbst kommen, und nicht einen Brief schicken.

Der Brief hat einen ganz normalen Absender. Lisa kann also herausfinden, wer dahinter steckt, sie muss nur einmal heimlich dorthin gehen und nachschauen. Das traut sich Lisa aber nicht, das fällt zu sehr auf, und sie will keine Fragen hören von ihren schwatzhaften Kolleginnen. Und vielleicht will sie es auch nicht wirklich wissen. Stattdessen fängt sie an sich alle möglichen Geschichten auszudenken. Geschichten wie aus dem Märchen, von Edelmut und Reichtum und Schönheit und Tragik und Drama und Happy End. Sie träumt von einer wunderbaren Liebe zu diesem ihr unbekannten Mann und malt sich ihr zukünftige Familie aus, sieht ihre wohlgeratenen Kinder vor sich, wie sie glücklich an der Hand ihrer Mutter und dem Vater in der Sonne im Garten eines hübschen Häuschens stehen. Sie muss ja auf den Brief nicht antworten, denkt sie, niemand kann beweisen, dass sie den Brief überhaupt bekommen hat, sie kann alles abstreiten und dennoch mit diesem wunderschönen Liebesbrief träumen.

So geht es einige Wochen und Monate. Es kommt nie ein zweiter Brief oder ein anderer Versuch des unbekannten Verehrers, mit Lisa in Kontakt zu treten. Lisa gibt sich keine Rechenschaft darüber, ob sie davon enttäuscht war, oder ob es ihr nicht sogar ganz recht war.

Einmal denkt sie aber doch darüber nach, ob sie zu der Adresse hingehen soll. Sie wird auf einmal unerträglich neugierig. Und es kommt ihr so unwirklich vor, dass sie sich gar nicht vorstellen kann, dass hinter der Adresse ein Mann steht, der tatsächlich aus Fleisch und Blut ist und etwas von ihr möchte. Sie denkt, sie könne sich mit diesem Mann über diesen Brief unterhalten als ob er ein alter Freund sei, dem sie eine merkwürdige Geschichte zu erzählen hätte. Im Grunde würde sie gerne mit diesem Mann zusammen von diesem unbekannten Verehrer träumen. Und so geht sie dann doch, viele

Wochen nachdem der Brief gekommen ist, an einem ihrer freien Tage, zu der Adresse hin. Sie ist eine ganze Weile unterwegs, sie hatte nicht wirklich nachgedacht und es sich auf dem Stadtplan nicht genau vorstellen können, aber es ist wirklich ein ganz anderer Stadtteil, und sie läuft über eine Stunde. Aber sie läuft gerne, es ist schönes Wetter, und es ist überhaupt seit sie weiß nicht wie langer Zeit ihr erster Ausflug. Sie schaut sich überall interessiert um und staunt, wie die Häuser und Gärten und Fassaden und Menschen aussehen können. Alles ist ihr neu, und sie freut sich wie ein kleines Kind, das die Welt neu entdeckt. Fast möchte sie singen und pfeifen, aber das ist ihr dann doch zu peinlich. So spaziert sie vor sich hin und kommt schließlich in die Straße und zu dem Haus der Adresse auf dem Brief. Es ist ein unscheinbares Haus, ein Mehrparteienhaus aus der Nachkriegszeit, in tristem Graubeige gestrichen, aber einigermaßen gepflegt und hübsch hergerichtet.

Da steht sie nun eine Weile vor dem Haus und schaut. Irgendwie erwartet sie, dass jetzt das Schicksal kommen müsse und den Film weiterdrehen. Aber nichts geschieht. Das Haus bleibt stumm und dunkel, nichts regt sich, niemand ist zuhause. Nun ist es auch früher Nachmittag, die Menschen arbeiten normalerweise natürlich um diese Zeit, aber das ist Lisa nicht eingefallen. Sie bleibt eine Weile vor dem Haus stehen, schaut, und nimmt irgendwie vage wahr, wie eine eigenartige Reihe von seltsamen Zuständen durch sie hindurchgehen, so etwas wie Traurigkeit und Enttäuschung und Erleichterung und Wut und Angst vor der Zukunft. Aber Lisa kann das nicht so klar analysieren, was da in ihr vorgeht. Sie empfindet einfach nur ein paar eigenartige Gefühle, und nach einer Weile entscheidet sie sich, wieder umzukehren. Sie will nicht auf die Klingelknöpfe schauen und den Namen suchen. Sie will keinen Mann kennen lernen, der in einem grauen Mietshaus wohnt. Sie will nicht herausfinden, woher der sie kennt. Auf dem Rückweg kommt ihre Fröhlichkeit wieder, der

Nachmittag senkt sich langsam und die Abendsonne färbt alles in warmes Orangerot, sie setzt sich sogar in ein kleines italienisches Straßencafé, trinkt einen Espresso und erwischt sich dabei, wie sie den Kellner anlächelt und sich einbildet, von seinen Lippen ein italienisches Kosewort ablesen zu können – cara ragazza, liebes Mädchen!

Sehnsuchtsbriefe

Jennifer bekam täglich mehrere hundert Briefe auf ihren Schreibtisch. Sie hatte eine ganz bestimmte Vorgabe, mit dieser Flut zu verfahren. Ihr Job war eigentlich ganz einfach, aber auf Dauer forderte er ihr doch mehr ab als sie ursprünglich gedacht hatte. Sie sollte, so hatte man ihr vor zwei Jahren bei der Einstellung gesagt, jeden Brief öffnen und anhand eines sehr einfachen Schnell-Screenings beurteilen und einer von drei Antwortkategorien zuordnen. Die ersten beiden dieser Kategorien hatten ein bestimmtes Kontingent, das nicht überschritten werden durfte, unabhängig von den tatsächlich eintreffenden Briefen.

Morgens um acht kam sie in ihr Büro und bereitete sich vor. Sie hatte etwa eine halbe Stunde Zeit, dann kam der Bote von der Post und stellte zwei Säcke neben die Tür. Säcke voller Briefe, manchmal auch Karten oder Telegramme, aber der allergrößte Anteil waren Briefe, ganz klassisch, in Umschlägen mit handgeschriebenen Anschriften und Absendern, Briefmarken, die von Zungen angeleckt und von entschlossenen Fingern aufgedrückt worden waren. Die Umschläge in allen verschiedenen Farben, die meisten weiß, viele aber bunt, pastellfarben, manche auch mutig in grellen Farben oder einige mit individuellen Zeichnungen oder kleinen Bemalungen versehen. Blümchen und Herzchen waren am häufigsten vertreten, oft aber auch einfache Landschaftsskizzen, kleine unbeholfene Comics, selten auch unanständige und pornographische Andeutungen. Fast allen dieser Briefe sah man schon von außen an, welche persönliche und sehr individuelle Energie der oder die Absender hineingelegt hatten. Jeder Brief hatte eine sehr eigene Geschichte, aus der heraus er überhaupt entstehen konnte. Und der Prozess seiner Entstehung war ebenso individuell. Oft war er lange bedacht und überlegt worden, bevor sich der Absender ans Werk machte. Häufig waren etliche

Entwürfe vorhergegangen und verworfen worden, bevor dieser eine dann abgeschlossen wurde. Vielleicht lag er dann noch einige Tage auf jemandes Tisch, um dann schließlich mit bebendem Herzen in den Kasten geworfen zu werden, um seine Reise hierher zu Jennifer anzutreten und in einem solchen Sack mit hunderten von anderen, ähnlichen Briefen herein getragen zu werden.

Die Briefe waren aber natürlich nicht an Jennifer adressiert. Obwohl sie diejenige war, die sie alle las, und sie war die absolut Einzige, die sie alle las, waren die Briefe nicht an sie gerichtet, sondern an jemanden Anderen. Dies wussten im Grunde auch die Absender, obwohl sie es sich vermutlich nicht bewusst machten, sondern in ihrer Fantasie der Vorstellung anhingen, der Adressat ihrer Briefe würde sie auch bekommen und selbst lesen. Sie wollten es sich nicht klar machen, sie wollten in der Wunschwelt bleiben, in der sie mit ihrem Brief Kontakt bekommen zu ihrem Idol. Und Jennifers Aufgabe war es, diese Fantasie aufrechtzuerhalten. Dazu musste sie die harte Wirklichkeit verschleiern und durch eine Suggestion ersetzen. Sie war die Schnittstelle, bei ihr auf dem Schreibtisch trafen die Fantasiewelt und die Realität aufeinander.

Die Kategorien waren folgende: ‚A' hieß, der Brief kam als Original in die Ablage des Sekretariats von O. (O. ist der Star, an den sich die Briefe richten). In diese Ablage durften pro Woche höchstens zwei oder drei Briefe kommen, also etwa einer von tausend. Im Sekretariat von O. wurden von diesen monatlich zehn Briefen einer ausgewählt, den O. dann tatsächlich persönlich beantworten musste (so stand es in dem Vertrag mit der Agentur). Die anderen aus der Kategorie ‚A' wurden nach ‚B' zurückgestuft, wo sie mit etwa hundert anderen im Monat zusammenkamen und von einem extra dafür angestellten Journalisten beantwortet wurden. Dieser fertigte kurze, nette Texte am Fliessband an, aber er schrieb dennoch individuell und ging irgendwie auf den einzelnen Brief ein. Die restlichen Briefe, also etwa 95% aller Briefe aus den Postsäcken, kamen in die Kategorie ‚C'. Die Absender wurden von einem Lesegerät abgescannt und in eine Liste eingetragen, der Computer wählte dann aus einer Liste von vielleicht zehn Standardtexten per Zufallsauswahl einen aus, der dem Absender dann zuging, zusammen mit einem Foto von O. und dessen aufgedruckter Unterschrift. Der Computer war sogar in der Lage, anhand des Absenders einen Gruß, z.B. „With Love for Cynthia, O.", auf das Foto zu drucken. Die Briefe gingen nach dem Scannen des Absenders alle in den Schredder.

Jennifer hatte die Aufgabe, die Briefe für ‚A' und ‚B' auszuwählen, und aus allen anderen Briefen eventuell beigelegte Wertsachen oder Dinge, die den Scanner oder Schredder stören könnten, zu entfernen. Solche Dinge gab es sehr oft. Nicht wenige legten ihren Briefe sogar Geldscheine bei, als Einladung an O. , sich davon etwas persönliches zu kaufen. So kauften sie sich in ihrer Fantasie in die Welt von O. hinein. Oft waren es auch kleine Glücksbringer, Steine oder Anhänger, die in den Briefen lagen, oder Blütenblätter, oder selbstgebastelte Symbole der Verehrung. Und fast immer lagen Fotos von sich selbst dabei, von rührend naiven bis hin zu lasziv-obszönen. Diese Fotos mussten sorgfältig vernichtet werden, damit sie unter keinen Umständen in falsche Hände gerieten von Leuten, die ihrerseits damit ihr schmutziges Geschäft machen wollten. Jennifer nahm alle diese Dinge aus den Briefen heraus, sortierte sie in verschiedene Körbe und leitete sie entsprechend weiter. Es war sogar einmal davon gesprochen worden, jedes einzelne Ding mit dem Absender genau aufzulisten, um nachträglich nachweisen zu können, wie damit verfahren worden war. Es hatte entsprechende Gerichtsprozesse gegeben, die die Agentur aufgeschreckt hatten. Aber zum Glück war dies noch nicht umgesetzt worden, Jennifer hätte nicht gewusst, wie sie das hätte schaffen sollen, die Arbeit war schon so anstrengend genug.

Der Agentur von O. lag sehr an einer guten, professionellen und anständigen Pflege der Beziehung zu den Fans. Die Rationalisierung durch die Kategorisierung war unvermeidlich, aber dennoch sollte jeder Fan eine Antwort bekommen, und jeder missbräuchliche Umgang mit den Briefen sollte verhindert werden. Das Geld wurde einem guten Zweck zugeführt, der immer wieder öffentlich genannt wurde und auf den Web-Sites der Fans bekannt war. Und die Gegenstände wurden von einer zertifizierten Firma vernichtet, ebenso wie die Entsorgung der geschredderten Briefe.

Jennifer machte sich an die Arbeit. Sie nahm mit zwei Händen Briefe aus den Säcken und legte die Haufen vor sich auf den Tisch. Sie bekam etwa zwanzig bis fünfundzwanzig Briefe in zwei Hände. Sie hatte nun etwa zehn Minuten Zeit, jeden Brief zu öffnen, zu überfliegen, die Dinge und Geldscheine und Fotos herauszunehmen, und zu entscheiden, ob einer davon in eine der beiden oberen Kategorien gehören könnte. Sie hatte sich angewöhnt, jedes Mal einen herauszunehmen, und dann am Ende aus dem entstandenen Stapel erneut zu selektieren, anstatt gleich entscheiden zu müssen, ob einer in ‚A' oder ‚B' kommen durfte. Jedes Mal, wenn sie einen Brief aufschnitt, trat ihr eine sehr persönliche, kleine intime Welt entgegen. Jemand offenbarte sich ihr, ohne es zu wollen, jemand anderes war ja gemeint. Jennifer versuchte natürlich immer wieder und meist erfolgreich, sehr nüchtern und sachlich an die Briefe heranzugehen. Dennoch erreichte sie immer wieder ein Hauch dieser persönlichen Welten, manchmal mehr, manchmal weniger, ob sie wollte oder nicht. Flecken auf dem Papier, zerflossene Tinte, die Tränen zeigten. Wortfetzen, die sie beim Überfliegen aufnahm: „… brauche dich …",

„… kann nicht ohne dich sein …", „… würde alles tun, um einmal in deiner Nähe zu sein …", „… habe gestern wieder von dir geträumt …", „… du machst mich krank …". Ein Parfumduft, der auf das Papier gesprüht worden war. Das schöne Bild eines lächelnden, attraktiven Menschen, der in die Kamera winkt, also zu O., aber jetzt zu Jennifer. Sie geriet in eine Mischung aus Rührung, Anteilnahme, eigene Sehnsucht und Neid und Wut. Alles nicht sehr stark, sie hatte sich im Griff, aber sie spürte doch, wie sehr sie sich wünschte, einmal nur in ihrem Leben einen solchen Brief zu bekommen, dem sie antworten könnte und der ihr Leben verändern und bereichern könnte. Es machte ihr etwas aus, hier täglich hunderte dieser Briefe zu vernichten, die doch, hätten sie einen anderen Adressaten, so viel Glück stiften könnten. Es war soviel Liebe, so viel Hingabe, soviel Bereitschaft in diesen Briefen. Warum nur an die falsche Adresse, dachte sie sich. Ihr war natürlich klar, dass Sie auch davon profitierte, immerhin hatte sie deshalb diesen Job und konnte ganz gut davon leben. Aber es störte sie doch.

Einmal hatte sie einen Brief eingesteckt und sich zuhause an die Wand gehängt und so getan, als ob er an sie gerichtet sei. Sie hatte sich eine Weile an den romantischen Formulierungen und netten Beschwörungen ergötzt, das freundliche Gesicht angeschaut und von einer gemeinsamen Zukunft geträumt. Es war ihr aber die ganze Zeit klar gewesen, wie betrügerisch und falsch diese Fantasie war. Und schließlich hatte sie den Brief wieder mitgenommen und unter ‚C' der Vernichtung zugeführt, ohne irgendetwas davon zu behalten.

Seitdem versuchte sie nur noch, sich gegen die aus den Briefen anflutende Welle von Gefühlen zu wappnen. Dabei hatte sie sich fest vorgenommen, nicht zynisch zu werden. Sie wollte diese Welle von völlig überflüssigen und fehlgeleiteten guten Gefühlen dennoch achten, das war sie ihrer eigenen Sehnsucht schuldig, fand sie.

Wenn sie dann abends erschöpft nach Hause ging, trank sie meistens noch einen Cappuccino in einer kleinen Straßenbar. Sie schickte dann ein kleines kurzes Sammelgebet in den Himmel, mit dem sie allen Absendern der heutigen Briefe alles Gute wünschte. Dann ging Jennifer zu sich in ihre kleine Wohnung am Stadtrand.

Seit etwa zwei Jahren schrieb sie an einem Brief, den sie aber nie abschickte. Sie begann immer wieder neu. An ihr eigenes, unbekanntes Idol.

Testament

Seit über zwanzig Jahren lebt Peter mit seiner kleinen Familie in dem stillen Vorort in einem netten Reihenhaus unter freundlichen Nachbarn und in friedlicher Eintracht mit sich selbst. Ja, wirklich. Es klingt fast drohend, wenn man es so idyllisch beschreibt, aber es ist so. In Peters Leben ist bisher nichts Schlimmes geschehen, alles lief normal und zufriedenstellend, und allen geht es gut. Seine Frau und er kommen gut miteinander zurecht, sie haben auch mal einen Streit, aber meistens lachen sie bereits nach kurzer Zeit darüber, weil sie merken, dass es eigentlich absurd ist, denn im Grunde haben sie sich gern und mögen auch die Schwächen aneinander. Ebenso ist es mit den Kindern, die inzwischen zu netten jungen Leuten herangewachsen sind und bald aus dem Haus gehen werden. Natürlich gibt es auch mit ihnen Streitereien, besonders in der Pubertät war es so, aber es war alles völlig im Rahmen geblieben. Normale, gesunde Alltagskonflikte, die sie miteinander ausgetragen hatten, ohne je den grundsätzlichen Respekt voreinander zu verlieren. Mit den Nachbarn grüßt er sich, gelegentlich hält er auch einen Plausch auf dem Weg zum Laden oder über den Gartenzaun hinweg, und im Sommer laden sie sich alle zu den obligatorischen Grillabenden gegenseitig ein, die immer sehr nett und lustig sind. Selbst Differenzen z.B. über den Baumschnitt an den Gartengrenzen oder über die Entscheidungen der lokalen Politiker über den Neubau einer Strasse in der Nähe ihrer Vorortsiedlung werden mit Vehemenz, aber in freundlich-respektvoller Haltung ausgetragen. Peter hat keinen Grund zu klagen, selbst wenn er danach gesucht hätte. Dies ist das Leben wie er es sich gewünscht hätte. Alles ist gut.

Er ist Angestellter einer großen Firma in der Stadt, die sich mit dem Vertrieb von Elektronikbauteilen beschäftigt. Im Lauf der Jahre hat er sich vom kleinen Angestellten in das mittlere Management hervorgearbeitet. Kein rasanter Aufstieg, aber ein achtbarer Erfolg, der ihm zeigt, dass er über Fähigkeiten verfügt, die gebraucht und anerkannt werden. Er schätzt seine Firma. Im großen Ganzen geht sie in allen Dingen korrekt mit den Aufträgen und Belangen der Kunden um, ebenso mit den Verpflichtungen gegenüber den Mitarbeitern. Nicht, dass auch mal etwas an der Steuer vorbei geschoben würde, aber wirklich nur so wenig, dass man es eigentlich auch hätte lassen können. Mit seinen Arbeitskollegen versteht sich Peter ganz gut. Nicht jeder liegt ihm menschlich, aber das muss ja auch nicht sein, sagt er dann, man muss ja nicht die ganze Welt heiraten, nur anständig miteinander auskommen muss man, dann geht es auch. Noch vor zwei Jahren arbeitete er in einem Großraumbüro eine Etage tiefer, was ihn eher angestrengt hatte, er war manchmal mit Kopfschmerzen nach Hause gekommen, aber er hatte es auch interessant gefunden, wie so viele Menschen in einem Raum gleichzeitig ihre Aufmerksamkeit auf völlig unterschiedliche Arbeiten konzentrieren konnten. Er hatte sich etwas mit Konzentrationsübungen beschäftigt und dabei gelernt, sich weniger ablenken zu lassen. Deshalb ist er im Rückblick auch dankbar für diese Zeit, denn, wie er sagt: man kann immer auch etwas Neues lernen, jede Situation ist auch eine Chance. Nun hat er ein kleineres Büro mit drei weiteren Kollegen, er muss einen Teil der Vertriebslogistik organisieren, und zwar hinsichtlich der nächsten drei Jahre. Im Scherz sagt er manchmal, er sei so etwas wie ein Zukunftsmanager oder sogar eine Art Wahrsager. Aber er bekommt natürlich klare Vorgaben aus den höheren Ebenen, vom Vorstand und der Geschäftsführung, an die er sich halten muss. Seine Aufgabe ist es dann, die Vorgaben so umzusetzen, dass in den kommenden Jahren daraus konkrete praktikable Verträge und Verfahrensweisen abgeleitet werden konnten. Peter machte das gern. Es war kreativ genug, erforderte Erfahrung und manchmal auch

Fingerspitzengefühl für Details, aber es war auch keine Überforderung. Peter trug keine besonders große Verantwortung. Er konnte jeden Tag um 17.oo seine Tasche nehmen und zufrieden nach Hause fahren, ohne jemals von einem schwerwiegenden Problem gedrückt worden zu sein.

Peter und seine Frau haben bescheidene Freizeitbeschäftigungen, denen sie aber mit Freude nachgehen. Sie haben es sich zur Angewohnheit gemacht, an jedem ersten Montag im Monat ins Kino zu gehen. Am Sonntag davor wird dann die Diskussion darüber geführt, welcher Film es sein sollte, denn natürlich kamen innerhalb eines Monates mehr Filme ins Kino. Peter liebt eher die kämpferischen und härteren Actionthriller, während seine Frau es gerne romantisch und tragisch-gefühlvoll hat. Oft hatte Peter allerdings schon bemerkt, dass, wenn er mit in einen Film nach der Wahl seiner Frau ging, ihm selbst die Tränen auch in den Augen stehen und es ihn ebenfalls sehr berührt. Seine Frau lächelt ihn dann liebevoll an, während sie in seinen Filmen gelegentlich die Augen zumacht, wenn es zu grausam wurde, um aber anschließend zu betonen, dass ihr der harte Kampf um Gerechtigkeit gut gefallen habe. Neben den Kinoabenden treffen sie sich noch mit einem befreundeten Ehepaar zum Kartenspielen, sie gehen gerne spazieren, und ab und an gehen sie auch einmal ins Museum oder ins Theater.

Der Tag, an dem der Brief kommt, ist ein ganz normaler Tag wie jeder andere auch. Das Wetter gemischt, die Stimmung gut, die Verhältnisse geordnet. Seine Frau ruft ihn im Büro an, was sehr selten vorkommt, weil ein Brief vom Amtsgericht gekommen sei, per Einschreiben, so dass sie habe unterschreiben müssen, der aber an ihn gerichtet sei, was das denn sein könne, ob er wohl einmal zu schnell gefahren sei? Er beruhigt sie so gut er konnte, was nicht schwer war, denn wie gesagt, es herrscht zwischen ihnen ein vertrauensvolles Klima.

Am Abend zuhause nimmt er das amtliche Schreiben zur Hand und betrachtet es mit einer gewissen Scheu. Er hat nicht die geringste Vorstellung, worum es sich handeln könne. Seine Frau steht neugierig daneben, er schaut sie hilflos an, sie sagt: nun mach schon auf, wird schon nichts Schlimmes sein, und er öffnet den Brief. Er enthält eine Vorladung zur Testamentseröffnung im Amtsgericht anlässlich des Todes eines gewissen R. P., der ihn zu einem von mehreren Erben eingesetzt habe. Er möge bitte zu dem Termin neben seinen persönlichen Ausweisdokumenten auch seine Geburtsurkunde und sein Familienbuch mitbringen zwecks Überprüfung des verwandtschaftlichen Verhältnisses zu dem Verstorbenen.

Peter schaut seine Frau wieder etwas ratlos an, dann fängt es langsam an in ihm zu dämmern. Ach ja, das kann doch nur der dritte Bruder meines Vaters sein, der jüngste, der sich immer so etwas entfernt gehalten hat. Peters eigener Vater war vor über fünfzehn Jahren gestorben, an einem sich sehr schnell verschlimmernden Krebs. Seitdem hatte es keine Kontakte mehr zu den Verwandten gegeben. Es war einfach so verlaufen. Den Onkel hat Peter kaum in Erinnerung. Er wusste nur noch, dass der früh geheiratet und den Namen seiner Frau angenommen hatte, sich dann wieder hatte scheiden lassen, deren Namen aber behalten, fast als ob er unbedingt seinen eigenen Geburtsnamen loswerden wollte. Kinder hatte er keine, jedenfalls soweit Peter sich erinnern konnte. Peters Vater hatte immer nur ein wenig hilflos-ironisch über seinen jüngeren Bruder gesprochen, er sei ein komischer Kauz gewesen, nicht wirklich zu verstehen.

Was sollte er denn jetzt mit dessen Testament zu tun haben? Peter ist die Sache fast lästig. Er will gar nichts erben. Er hat alles, braucht nichts. Und will sich nicht mit Dingen befassen müssen, die ihn nichts angingen. Er findet, dass das Leben, der Tod und die Hinterlassenschaft seines Onkels ihn nichts angehen. Dennoch ist es ja eine amtliche Vorladung, der er sich nicht ohne größere Umstände entziehen kann. Und solche will er noch weniger. Also zieht er sich an dem besagten Tag eine Krawatte an, wirft sich sein Sakko über und fährt zum Amtsgericht.

Die Amtsrichterin fasst sich kurz. Es sind drei Personen anwesend. Eine „Bekannte" des Onkels, eine füllige Person, die nach ihrer eigenen Auskunft die letzten Jahre mit ihm gelebt und ihn versorgt habe, sowie ein weiterer Neffe, den Peter aus Kinderzeiten entfernt in Erinnerung hat, der Sohn des ältesten Vaterbruders. Die beiden begrüßen sich freundlich und tun so als ob ihnen die Wiederbegegnung nach so vielen Jahren (Ich hätte Dich nicht wieder erkannt) besondere Freude bereite. Es werden die Personalien vorgelesen und müssen bestätigt werden, dann wird das Testament verlesen. Die Bekannte erbt einen wesentlichen Teil des Vermögens. Es ist nicht viel, aber genug, und alle empfinden es als gerecht, dass die Person, die dem Verstorbenen menschlich nah gestanden hatte, auch das meiste erbt. Da keine leiblichen Kinder vorhanden sind, auch keine Eltern und Geschwister mehr leben, bleiben die Neffen als nächste Verwandte. Nur Peter und der andere Neffe sind in dem Testament namentlich erwähnt worden, die anderen (es gab insgesamt fünf) würden einen sehr kleinen Pflichtanteil bekommen, der nicht einmal gesetzlich vorgeschrieben war, den der Erblasser aber dennoch so vorgesehen hatte – nicht mehr und nicht weniger. Der andere Neffe bekommt ein altes Möbelstück zugesprochen, von dem es in dem Testament heißt, es stamme aus dem Haushalt der Ur-Großeltern, und er als der älteste direkte männliche Nachkomme solle dieses Stück bekommen. Peters Vetter sieht nicht so glücklich damit aus, gleichwohl erklärt er, das Erbe annehmen zu wollen.

Peter bekommt ebenfalls ein Erbstück aus der Zeit der Großeltern zugesprochen. Es handelt sich um ein „Eisernes Kreuz", einen militärischen Verdienstorden aus dem zweiten Weltkrieg, den sich offenbar der Großvater Peters erworben hatte. Die Amtsrichterin liest dazu aus dem Testament vor, dass der Erblasser ausdrücklich geschrieben habe, „auch dieser Teil der Geschichte dürfe nicht vergessen werden. Mein Neffe Peter soll die Erinnerung weitertragen". Allerdings wird nichts darüber geschrieben, wofür der Großvater die Auszeichnung denn bekommen habe. Peter fiel ein, dass er nicht die geringste Vorstellung hatte, was und wie die Großeltern eigentlich während des dritten Reiches gelebt hatten. Es hatte ihn nie interessiert, auch wenn der Vater früher ein paar Versuche unternommen hatte, mit ihm darüber zu reden, hatte er abgewehrt. Soll er das jetzt etwa recherchieren?

Peter nimmt das Erbstück an, unterschreibt die notwendige Erklärung und verlässt das Gerichtsgebäude. Er verabschiedet sich noch von seinem Vetter und trägt Grüße an dessen Familie auf, ohne die dabei ausgesprochene Einladung, sie doch einmal bei Gelegenheit zu besuchen, zu herzlich klingen zu lassen. Er wandert etwas in der Innenstadt herum, ein wenig ziellos und mit diffus schwankenden Gedanken beschäftigt. Ein klares Bild davon, was er jetzt eigentlich tun will, hat er nicht vor Augen. Der Umschlag mit dem Orden des Großvaters steckt in seiner Tasche, er weiß nicht, was er damit anfangen soll. Er stört ihn. Der ganze Vorgang stört ihn, er fühlt sich von seinem Onkel und nun auch noch von seinem Großvater belästigt. Er hält an einem Stehcafé an und trinkt einen Kaffee. Als er weitergeht, steckt er den Umschlag mit dem Orden in eine Mülltonne.

Er fühlt sich sofort erleichtert. Seiner Frau erzählt er nichts davon. Er habe nur etwas Geld erhalten, nicht viel, aber genug, um einmal zusätzlich einen schönen Abend miteinander zu verbringen, sagt er zu ihr. Es ist die erste echte vorsätzliche Lüge in seinem Eheleben. Er ist damit einverstanden, er hat kein schlechtes Gewissen.

Alles ist gut.

Ja, wirklich.

Vergangene Zeiten

Zehn Jahre war es her, dass die Mutter gestorben war. Heute, auf den Tag genau, war sie im Altersheim der Diakonie friedlich eingeschlafen. Er war nicht dabei gewesen, die Schwestern hatten es ihm so erzählt, und er war sehr bereit gewesen, es ihnen zu glauben. Sie war schon lange bettlägerig und auf Vollzeitpflege angewiesen, und nach seinem Eindruck bei seinen regelmäßigen Besuchen machten die Schwestern ihre Arbeit sehr gut und mit liebevollem Engagement. Trotzdem war natürlich immer offensichtlich gewesen, dass es an Zeit mangelte, sich persönlich noch mehr um die alte, zunehmend auch verwirrte Dame zu kümmern. Mangel an Zeit oder an Personal, je nachdem wie man es sehen wollte, es kam aufs Gleiche heraus. Sie wurde pflegerisch gut versorgt. Aber niemand saß am Bett und las ihr etwas vor, aus einem alten Buch oder einer Zeitung. Oder spielte etwas mit ihr. Das mussten die Angehörigen tun, und wenn es keine gab, die die Zeit aufbringen konnten, dann tat es niemand. Er hatte manchmal ein schlechtes Gewissen gehabt, denn er war alleinstehend geblieben (was die Mutter immer wieder mit dem Unterton vorwurfsvollen Bedauerns feststellte) und hätte eigentlich mehr Zeit gehabt als er zugab. Aber es war ihm irgendwie unpassend und unangenehm erschienen, so lange und so nah am verwelkten Körper seiner Mutter zu sitzen.

Jedes Mal an ihrem Todestag dachte Rüdiger intensiv an seine Mutter. Er hatte das Datum verinnerlicht, er konnte ihm nicht ausweichen, wollte es auch nicht. Jedes Jahr auf's neue dachte er: in einer Woche ist wieder der Tag – in drei Tagen ist es soweit – heute vor drei/sechs/zehn Jahren ist Mutter gestorben. Er nahm sich nichts Besonderes vor, hatte keine Rituale, ging nicht einmal regelmäßig zum Grab, er dachte nur einfach während des Tages immer wieder daran.

Woran? An nichts bestimmtes, nicht an den Tod oder das Sterben, nein, einfach an sie. An seine Mutter, an die Erinnerungen, die er an sie hatte. Bilder tauchten auf, der Klang ihrer Stimme, einzelne Wortfetzen, Szenen von früher. Er überließ sich diesen Erinnerungen ohne Widerstand, ohne Abwehr, auch wenn nicht alle Erinnerungen uneingeschränkt schön waren. Er ließ diesen Film, wie er es nannte, einfach durchlaufen. Manche Erinnerungen kamen jedes Jahr zuverlässig wieder, wie alte Bekannte tauchten sie auf, als ob sie in seiner Seele sagen wollten: Guten Tag, da sind wir wieder wie jedes Jahr, schönes Treffen hier. Manche tauchten ganz neu auf, überraschend aus den Tiefen des Unbewussten: Hallo, das ist ja nett hier, ich heiße soundso, wer ist das alles hier? Erinnerungen an seine Kindheit, an die Zeit, als die Eltern zusammenlebten, an die alte Frau, die sich mehr Sorgen um ihn machte statt um sich selbst, und dann doch nur von ihren Gebrechen sprach.

Wer war seine Mutter? Er hatte sich diese Frage nie wirklich gestellt. Es ist auch keine Frage, die sich Kinder über ihre Mütter stellen. Mütter sind Menschen, die so sind wie sie sind, sie waren schon immer so, hatte größtmöglichen und durchaus zwiespältigen Einfluss auf das Leben ihrer Kinder, aber man interessierte sich nicht wirklich für deren Leben, Hauptsache war doch, dass sie als Mütter funktionierten und möglichst immer „da" waren. Dass Mütter Sorgen hatten, vielleicht Zweifel an ihrem Leben, vielleicht selbst beschädigt waren durch ihr eigenes Leben, das wussten die Kinder natürlich, aber es blieb abstrakt und theoretisch, sie wollten es nie so genau wissen. So dachte er auch. Seine Mutter war im Wesentlichen die Lieferantin von Muttermilch und Griesbrei, Fieberwickel und Hausaufgabenhilfe gewesen, später von Kaffeezeit und Taschengeld und Anteilnahme. Natürlich hatte er sich auch ihre Geschichten angehört. Aber sie waren nie wirklich wichtig, er hatte nicht versucht, sich etwas davon zu merken, es war eher wohlwollende, freundliche Höflichkeit seinerseits gewesen. Und nun auf einmal fragte er sich, wer sie eigentlich wirklich gewesen war. Es war eine bestimmte Frage, die auf einmal in ihm auftauchte, nein, eigentlich keine Frage, eher ein Interesse, eine Suche. Er wollte etwas wissen über ihr Leben jenseits ihrer Bezogenheit auf ihn. Ihr Leben jenseits der Mutterschaft. Sie war ja immer nur Mutter, fast als ob sie schon als Mutter auf die Welt gekommen sei, was ja aus seiner Perspektive auch stimmte: seit sie in seinem Leben auftauchte als der Körper, in dem er seine ersten Wahrnehmungen machte und aus dem er sich herauskämpfen musste und der ihm anschließend so unglaublich viele eigenartige und großartige Empfindungen vermittelte, war sie die Mutter gewesen, der nährende und gefährdende Mutterkörper. Bis zuletzt. Als sie gestorben war, empfand er, noch mit seinen bereits fünfzig Lebensjahren, den Verlust als Gefahr. Eine körperliche Präsenz, ein Leuchtturm in seinem Leben, war verschwunden, selbst wenn er natürlich längst begriffen hatte, dass die spärlichen Signale dieses Leuchtturms keine Sicherheit boten und in völlig veränderten Strömungsverhältnissen keinerlei Orientierung darstellten, es sogar gefährlich war, sich danach zu richten (was er bereits in seinem dritten Lebensjahr erstmals gemerkt hatte) – und dennoch: auch ein ausgedienter Leuchtturm dient als alte Wegmarke. Vor zehn Jahren aber war der Horizont auf einmal leer und dunkel geworden. Und es hatte diese zehn Jahre gebraucht, und die unverleugnbare Tatsache seines eigenen Ältergewordenseins, gefüllt mit den Navigationsversuchen auf dem Meer des Lebens, um bei der Frage anzukommen, ob es neben der Mutter noch einen anderen Menschen in ihr gegeben habe.

Er war mit seinem eigenen Leben, in aller Bescheidenheit, ganz einverstanden. Er hatte es zwar nicht zu einer Familie gebracht und sich oft gefragt, ob er sich das als Mangel oder Fehler anzurechnen habe, aber er musste immer wieder feststellen, dass er nie wirklich eine Familie gewollt hatte. Er hatte diverse Liebschaften und Kurzzeitbeziehungen gehabt, auch ein längeres, fast eheähnliches Verhältnis, aber mehr hatte er nie gewollt. Vor allem keine Kinder. Eigentümlicherweise mochte er Kinder nicht. Er ging ihnen nach Möglichkeit aus dem Weg, und wenn es unvermeidlich war, verhielt er sich auf angestrengte Weise zugewandt, aber es wurde nie leicht und unbefangen. Kinder strengten in an, und er war sehr dankbar und froh, dass es genug Menschen auf der Welt gab, die mit Freuden der biologischen Reproduktionspflicht nachkamen.

Er würde der Welt auf andere Art und Weise seinen Dienst erweisen, hatte er sich gedacht. Er arbeitete in einem kleinen unabhängigen Institut als Verwaltungskraft. Das Institut hatte es sich zur Aufgabe gemacht, alte Sprachen zu pflegen und das Bewusstsein für deren Reichtum zu erhalten. Er war zuständig für die Kooperation mit den universitären Wissenschaftlern einerseits und den öffentlichen Geldgebern andererseits, auch musste er die eigenen Wissenschaftler auf die Rednerlisten von Kongressen und Tagungen bringen. Die Arbeit war herausfordernd. Eine Mischung aus nüchterner Verwaltungsarbeit einerseits und politischer Gestaltungstätigkeit zwischen verschiedenen Interessengruppen andererseits. Auf seine Gefühle und seine Bedürfnisse kam es dabei nicht so an, vielmehr auf seine Analysen und zielgerichteten Interventionen. Das war ihm recht. Er wurde von den Kollegen und Mitarbeitern des Institutes geschätzt, und die Leitung achtete seine Arbeit. Ihm war längst bewusst, dass das Institut eine Art Ersatzfamilie für ihn geworden war, und er fühlte sich wohl darin. Inzwischen gehörte er selbst eher zu den Alten des Institutes, war unkündbar, aber der natürliche Zeitpunkt des Ausscheidens rückte langsam auf ihn zu. Auf seinem Schreibtisch hatte er seit jeher eine Jugendfotografie seiner Mutter stehen, ein Bild einer wunderhübschen jungen Frau aus den dreißiger Jahren. Anfangs hatte gelegentlich jemand gespottet, ob dies seine Geliebte sei, zuletzt hatte man sie eher für seine Tochter gehalten, aber er hatte es immer lächelnd ignoriert, und so war das alte Foto einer schönen Frau auf seinem Tisch stillschweigend akzeptiert worden. Als nun der zehnte Jahrestag sich genähert hatte, hatte er eines Tages versonnen und wie nebenbei auf dieses Foto seiner Mutter geschaut, und plötzlich war ihm dieser völlig nahe liegende, von ihm selbst aber noch nie gedachter Gedanke gekommen: dass nämlich im Leben seiner Mutter auch jemand anderes, lange vor seiner Zeit, auf dieses Foto geschaut haben mochte, mit verliebten und bewundernden Gefühlen, so wie es die Kollegen ihm unterstellt hatten, es also nahe liegend fanden. Er wusste nicht mehr genau, wie er eigentlich an dieses Foto gekommen war. Er wusste auch nicht, wer es gemacht hatte. Vielleicht hatte die Mutter es einmal erzählt, wahrscheinlich als sie ihm das Bild überließ, aber er hatte es vergessen. War es ein Schnappschuss eines Verehrers gewesen? Was mochte er, was mochte sie gedacht haben, als das Foto entstand? Dass seine Mutter einmal jünger gewesen sein konnte als er selbst jetzt war, hatte er sich nie vorgestellt. Jetzt schaute er mit einer Art liebevollen Rührung auf seine Mutter wie ein alter Mann auf eine hübsche junge Frau schaut. Und noch ein warmer Gedanke durchzog ihn: wenn er eine Tochter gehabt hätte, sähe sie vielleicht jetzt ähnlich aus wie die Frau auf dem Foto. Er sah nicht mehr seine Mutter, sondern etwas von sich.

Als der Jahrestag kam, hatte er einen Entschluss gefasst. Seit zehn Jahren hatte er die Kiste auf dem Dachboden nicht angerührt. Er hatte nicht einmal daran gedacht, sie war ihm nicht wichtig gewesen. Er hatte sie vor zehn Jahren nach der Auflösung des letzten Besitzstandes seiner Mutter in die Hand bekommen, neben ein paar anderen Habseligkeiten, Erinnerungen und Dokumenten. Es war eine Kiste aus Sperrholz, mit der ursprünglich einmal Weinflaschen verschenkt worden waren, die Mutter hatte solche Dinge immer aufgehoben und benutzt. Es sind wohl alte Briefe darin, hatte die

Stationsschwester des Altenheimes ihm gesagt, die ihm die Kiste in die Hand gedrückt hatte. Er stieg auf den Dachboden des Mietshauses und schloss den Kabuff, der zu seiner Wohnung gehörte, auf. In einem Schrank neben einigen anderen alten Sachen seiner Mutter, die er völlig vergessen hatte, stand die Kiste. Er trug sie herunter und stellte sie vor sich auf den Küchentisch.

Am Abend, nach mehr als vier Stunden, die nur unterbrochen waren vom neuen Aufsetzen einer Kanne Tee und vom Gang auf die Toilette, hatte er etwa vierzig Briefe gelesen. Mehr waren nicht in der Kiste. Es waren Briefe an seine Mutter, nicht von ihr. Allerdings waren auch ein paar wenige Entwürfe darunter aus ihrer Hand, die sie offenbar nicht abgeschickt hatte und stattdessen aus unerfindlichen Gründen aufgehoben hatte. Die Briefe waren wegen der alten Handschriften teilweise sehr schwer für ihn zu lesen, aber dank seiner Erfahrungen durch seine Arbeit gelang es ihm mit Geduld und Aufmerksamkeit schließlich doch bei nahezu allen Sätzen und Worten. Er sortierte sie nach Absendern: es lagen fünf Stapel vor ihm, sehr verschieden hoch. Vier waren von Männern, einer von ihnen war ihr Vater, also sein Großvater, von dem er bisher nur eine sehr undeutliche Vorstellung gehabt hatte. Die anderen drei sind Geliebte oder Verehrer gewesen. Der fünfte Stapel war von einer Frau geschrieben worden, ihrer langjährigen Jugendfreundin. Er hatte aus dem Mund seiner Mutter von keinem dieser Menschen – bis auf ein paar allgemeine Bemerkungen über den Großvater – je etwas gehört.
Eigenartigerweise wunderte er sich nicht darüber, dass von seinem Vater kein Brief in der Kiste enthalten war.

Am nächsten Tag nahm er das Foto von seinem Schreibtisch mit nach Hause und legte es in die Kiste. Sorgfältig stapelte er alle Briefe dazu, verschloss die Kiste wieder und stellte sie neben die Wohnungstür.

Zuoberst hatte er noch einen Brief von sich gelegt, den er gestern Abend geschrieben hatte. Am Totensonntag wollte er sie mitnehmen und an der Grabstelle der Mutter eingraben.

Musik

Finlandia

Er mochte Sibelius nicht. Moderne Jazzmusik lag ihm mehr, wenn sie nicht zu experimentell auftrat, also eher in der Smooth- und Lounge-Variante. Aber er kam an Sibelius nicht vorbei, täglich bekam er mit ihm zu tun und musste sich wohl oder übel mit ihm befassen. Oder besser gesagt: Er musste ihn ertragen.

Seine Freundin war Violinistin. Sie studierte Musik an der Musikhochschule und hatte sich die Geige als Hauptinstrument ausgesucht. Das war für sich genommen schon schwer genug zu ertragen gewesen, aber durch hartnäckiges und konsequentes Üben war sie mit der Zeit doch so gut geworden, dass die anfänglichen furchtbaren und ohrenquälerischen Töne, die dies Ding produzieren konnte, immer weniger wurden und ganz hörbare Musik dabei herauskam.

Er liebte es am meisten, wenn sie Klezmer spielte. Das kam seinem Jazz-Geschmack am nächsten und enthielt für sein Gemüt auch so viel von ursprünglicher, natürlicher und romantischer Sehnsucht und Melancholie und gleichzeitiger Lebensfreude, dass er jedes Mal ein paar Tränen in die Augen bekam. Auch die klassischen Zigeunermelodien, rumänische oder bulgarische Volkstänze, oder auch die alten irischen und bretonischen Fidel-Lieder mochte er, wenn ihm da auch manchmal das Gekrächze ein wenig auf die Nerven ging.

Er selbst spielte kein Instrument. Er hatte als Jugendlicher einmal Gitarre gelernt, das übliche, ein bisschen Picking, eine Handvoll Griffe zum Klampfen von Dylan- und Joan Baez-Songs und den notorischen Gospels. Aber das war lange her, jetzt kam es ihm selbst peinlich vor, und er spürte die steifen Finger, die sich nach zehn Minuten nicht mehr über das Griffbrett legen wollten. Er hörte gerne Musik, das war seine Art, und er summte gerne mit, wenn andere spielten. Er fand das sei auch eine Art Musik zu machen, auf rudimentäre Art. Insgeheim, aber das gestand er sich nicht wirklich ein, wäre er gerne Musiker geworden, Jazzer. Stattdessen war er Grafik-Designer geworden und layoutete die Werbung für eine große Firma. Oder: er war ein kleines Rädchen in der Abteilung, die die Werbung machte. Aber immerhin war es eine relativ sichere Stelle, er hatte ein nettes Kollegenteam um sich herum und er verdiente genug Geld.

Als er vor drei Jahren seine Freundin kennen lernte, hatte er eine längere Singlephase hinter sich und war des Alleinseins vollkommen überdrüssig. Damals hätte er nahezu jede Beziehung aufgenommen, selbst wenn er sich den Trennnungsstress nach zwei Monaten hätte antun müssen, nur um aus der Einsamkeit herauszukommen. Sie hatten sich in einer Kneipe kennen gelernt, es ging alles sehr schnell, er war sehr verliebt in ihre brünetten Haare und ihren klaren Blick, der nichts zu verschleiern schien. Dass sie Violine spielte, hatte sie gleich gesagt, aber er hatte sich nichts Genaues darunter vorstellen können. Er fand aber die Tatsache, dass sie Musikerin werden würde, irgendwie erotisch. Warum, konnte er gar nicht sagen, vielleicht war es seine eigene verborgene Sehnsucht, die sie nun lebte, wie das in der Paarbildung häufig so ist.

Vor sechs Monaten waren sie zusammengezogen, hatten eine schöne 4-Zimmer-Wohnung gesucht und gefunden, die sie sich gut leisten konnten, und lebten nun ein freundliches Paarleben. Sie liebten sich mal leidenschaftlich, mal routiniert, mal gelangweilt, aber immer zugetan. Sie redeten viel, meist über Musik, sie spielte viel und er genoss es meistens, als Zuhörer und freundlicher Kritiker dabei zu sein. Sie gingen aus, trafen sich mit Freunden, unternahmen Ausflüge in die Umgebung. Über Heiraten und Kinderkriegen sprachen sie nicht, aber sie hatten es beide im Kopf.

Dann aber trat Sibelius auf. Seine Freundin musste für ihre bevorstehende Abschlussprüfung einige schwierige Passagen aus seiner berühmten Sinfonie spielen. Da ihr der musikalische Spätromantiker nicht wirklich lag, hatte sie es zu lange vor sich her geschoben, entgegen ihrer sonstigen fleißigen Art, und nun drückte die Zeit und sie musste ständig daran arbeiten. Und wenn sie nicht selbst spielte oder Fingerübungen machte, dann hörte sie sich die verschiedenen Aufnahmen an, dauernd an bestimmten Stellen unterbrechend und wiederholend. Ihm ging das immer mehr auf die Nerven. Ihn interessierte weder diese Art von Musik noch die damit zusammengehörende Geschichte des frühen finnischen Nationalismus. Sie hatte ihm einen kleinen Vortrag darüber gehalten, als Teil ihrer Prüfungsvorbereitung: wie Finnland seit Jahrhunderten zwischen Schweden und Russland stand, traditionell zu Schweden gehörend, nach dem Krieg 1809 Teil des russischen Reiches wurde und das allgemeine Aufblühen nationaler Bewegungen in Europa im 19ten Jahrhundert auch in Finnland zu vielfältigen Bestrebungen führte, die nationale Identität zu bestimmen – in jener Zeit durchaus als emanzipatorisch-freiheitlicher Akt verstanden oder befürchtet, darauf hinzuweisen war ihr besonders wichtig, denn sie wollte unter keinen Umständen der Sympathie für nationalistische Bewegungen bezichtigt werden. Jedenfalls sei Sibelius als Komponist Teil dieser nationalen Bewegung gewesen, und mit seiner „Finlandia"-Sinfonie habe er die geheime Nationalhymne der Finnen geschaffen. So trug sie ihm vor, während er ihr auf den Mund schaute und sich fragte, wann er wohl wieder ihre Lippen küssen könnte.

Die Musik dieses Nationalepos war herb, schroff und eigenwillig. Geradezu expressionistisch. Kaum eingängige Melodien, wenig freundliche Rhythmen. Man konnte weder dabei wegnicken und träumen noch zuckte es einem in den Muskeln und rief zum Tanz, noch konnte man sich über freie musikalische Artistik freuen. Er versuchte es, aber er konnte sich nicht einhören. Das schwere Pathos der erzählenden Musik schlug ihm auf den Magen. Er fühlte sich andauernd in irgendwelche finsteren finnischen Wälder verschlagen, auf weiten Seen ausgesetzt oder in lappländischen Hochebenen verloren, von schwermütigen und mühevollen Geistern begleitet. Sie warf ihm vor, dass er sich nicht einlasse, dass er sich nicht die Mühe mache, die Musik zu verstehen, und damit auch nicht, sie zu verstehen. Sie hatte nämlich inzwischen, nach der anfänglichen Abwehr, Feuer gefasst für Sibelius. Er entgegnete, dass er sehr wohl versuche, zu verstehen, dass er sich sogar allergrößte Mühe gebe, aber es gelinge ihm einfach nicht, und außerdem vermisse er sie.

Am schlimmsten waren die Übungen. Wenn sie auf ihrer Geige versuchte, einzelne Passagen in den Griff zu bekommen. Sie behauptete, man müsse, um ein Stück wirklich spielen zu können, in seine Idee eintauchen, seinen Geist verstehen. Ihm war das schon immer zu esoterisch vorgekommen, und in der Jazz-Szene gab es, von einigen Spinnern abgesehen, derlei verquaste Ideen auch nicht. Da war die Musik das, was erklang. Der Groove, der Blues, das Feeling entstand im Moment des Spielens und Hörens, und wenn man mitging, dann war das in dem Moment der Geist der Musik. Es kam nicht darauf an, die Sehnsucht der Schwarzen in Amerika mitzuempfinden, auch wenn das immer – neben all dem anderen – im

Jazz enthalten sein würde. Sie stritten sich darüber. Er wollte Sibelius nicht annehmen. Er stemmte sich gegen das Pathos, gegen die Schwerfälligkeit, gegen die Zumutung, dass Musikhören anstrengend sein sollte. Er wollte ihr nicht zuhören, zum ersten Mal verließ er die Wohnung, wenn sie eine längere Übungseinheit vorhatte, und ging zu Freunden.

Sie bestand die Prüfung mit Glanz. Als schließlich die ganze Sinfonie von ihrer Klasse aufgeführt werden sollte, saß er voller Stolz auf seine Freundin im Saal und ließ den Sibelius über sich ergehen. Er freute sich über sie. Sie stand mit ihrer Geige so gerade und voller Stolz und Anmut auf der Bühne, dass es ihn rührte. Und als dann die schweren Klänge endlich verklungen waren, fasste der den Entschluss, mit ihr eine Reise in dieses eigenartige Land zu machen. Dieses Land, das sich mit dieser Musik identifizieren mochte, mit der sich auch seine Freundin identifiziert hatte.

Die Weite und Ruhe, die über dem Saimaa-Seengebiet lag, als sie eine mehrtägige Fahrt mit einem kleinen Ausflugsdampfer machten, mit Übernachtungen auf dem Schiff in kleinen Kabinen, beunruhigte ihn zuerst. Er wartete immer darauf, irgendwo aus dem Off die dramatischen Klänge Sibelius' zu hören. Seine Freundin, die inzwischen zur Liebsten geworden war, lächelte ihn freundlich und hintersinnig an. Ich weiß, was Du denkst, schien sie sagen zu wollen. Wart einfach ab. Ich habe diese Stille bereits in der Musik gehört. Jetzt war es umgekehrt: er hörte noch das Pathos in der Stille, und es verleidete ihm den Genuss an der zugegebenermaßen großartigen Szenerie.

Zwei Tage später war er überwältigt, ohne es richtig zu bemerken. Einfachheit, Schlichtheit, Bescheidenheit, Ruhe und eine geradezu unfassbare Vielfalt in der melancholischen Monotonie ließen ihn für Momente fast in Demut erschauern. Er ließ sich nichts anmerken, auch sich selbst gegenüber nicht.

Als sie ein Jahr später heirateten, ließ er den Choral der Finlandia in der Kirche spielen.

Konzert

Sie schaute in die erste Reihe des Publikums und strich mit dem Blick über die Gesichter der Konzertbesucher. In einer routinierten Art und Weise scannte sie geradezu die Mienen und äußeren Erscheinungsmerkmale wie Schmuck, Make-Up, Kopfbedeckung oder Bartwuchs. Sie nahm dabei eher intuitiv wahr, sie gab sich keine Mühe mit Details und Genauigkeiten. Es lag ihr an etwas anderem, und da es ihr schwer viel, dieses andere genau zu definieren, würde sie es mit allgemeinen Formulierungen wie „Ich will eine Ahnung von der Energie haben, die mir entgegenkommt" und „Ich will wissen, für wen ich spiele" umschreiben, wenn sie danach gefragt werden würde. Aber es hat sie noch nie jemand danach gefragt. Sie hatte sich diese kleine Übung schon vor vielen Jahren angewöhnt und seitdem immer weiter perfektioniert. Das Überfliegen der ersten Reihe dauerte nur wenige Augenblicke, und doch nahm sie in dieser kurzen Zeit das Wesentliche wahr, wonach sie suchte und was sie brauchte.

An diesem Abend war es wie bei jedem anderen dieser Abende auch. Sie gehörte eher zu den ersten des kleinen Orchesters, die vor einem Konzert eintrafen, um sich und ihre Instrumente einzustimmen. Sie mochte diese leicht angespannte, aber auch wieder freundliche und zugewandte Atmosphäre gerne. Jeder hat etwas zu tun, beschäftigte sich mit Instrumenten, Notenblättern oder der Kleidung, die dem strengen Kodex der klassischen Musik gehorchend immer festlich schwarz sein musste. Alle waren ein wenig nervös, versuchten aber, es sich nicht anmerken zu lassen, und da es allen gleich ging und sie sich schon lange kannten, durchschaute natürlich jeder bei sich und den anderen dies kleine Verstecksiel mit innerer Sympathie. Die Spannung stieg langsam, die notorischen Spätsommer kamen, die letzten Einstimmungen, dann Verabredungen und Besprechung mit Konzertmeister oder Orchesterleiter. Im Konzertsaal trafen währenddessen langsam die ersten Besucher ein und setzten sich auf ihre Plätze. Manchmal konnte man das Füllen des Saales vom Probenraum aus beobachten. Die letzten zehn Minuten waren für sie die schwierigsten. Es gab nichts mehr zu tun, alles war besprochen, nur noch warten, ohne Ablenkung, bis es endlich losging, eine kleine Glocke das Signal gab, sie alle aufstanden, ihr Kleid oder ihr Jackett zurechtzupften, das Instrument nahmen und in der festgelegten Reihenfolge wie im Entenmarsch auf die Bühne traten. Nach dem Einnehmen der Plätze trat dieser eigenartige Zeitraum ein, indem alle Instrumente noch einmal gestimmt wurden, ein schräges und völlig disharmonisches Gekrächze der Geigen und Violinen, Flöten und Oboen, Celli und Kontra-Bässe war regelmäßig die erste Klangbotschaft, die das Orchester in den edlen Saal voller festlich gekleideter und erwartungsfroher Menschen sandte.

Und in dieser Phase ließ sie ihren Blick über die erste Reihe streifen. Sie musste einen Eindruck gewinnen, mit welchen Menschen sie während des Konzertes zu tun haben würde, wer ihr gegenübersaß und ihr zuhörte, in wessen Seele die Musik sinken und nachklingen würde. Sie musste ein Gefühl dafür bekommen, für wen sie spielte. Und wenn sie etwas fand, ein Gesicht, das ihr wert erschien, mit ihrer Mühe und Hingabe an ihr Instrument beschenkt zu werden, dann sah sie eine Chance, über ihr künstlerisches Können hinaus sich und dem Instrument eine Musik zu entlocken, die nicht nur gut und professionell war, sondern lebendig. Lebendig – das war immer wieder das Wort, die Beschreibung für die höchste Stufe der Musik: nicht technisch perfekt, nein, das wurde sowieso vorausgesetzt, sondern: lebendig. Warm, leidenschaftlich, oder kühl, auch streng, auch hart, auch verloren, einsam oder überschäumend. All dies stand nicht in der Partitur, und es war auch nicht im Dirigenten, jedenfalls nicht für sie. Sie konnte nur wirklich lebendig spielen, wenn sie für jemanden oder für etwas Lebendiges spielte. Manche Kollegen, das wusste sie, spielten tatsächlich für den Dirigenten, diesen Übervater, von dessen Wohlwollen und Anerkennung sie sich abhängig machten. Andere spielten für die Liebsten daheim, oder für den inneren Zuhörer, für den Komponisten im Universum. Sie spielte für jemanden in der ersten Reihe. Genauer gesagt: sie spielte für ein ganz bestimmtes Merkmal von jemandem. Einmal hatte sie für einen schmallippigen, strengen Mund gespielt, dem sie einen weichen Zug entlocken wollte. Einmal für eine breite buschige Augenbraue, oder für ein von einem wunderschönen Edelstein geschmücktes rechtes Ohr, das sich ihr bzw. ihrer Musik bereitwillig in vollendeter Schönheit öffnen wollte, bereit, nur und ausschließlich ihr Instrument herauszuhören. Nicht immer aber fand sie in dieser Weise ein besonderes Merkmal. Häufig spielte sie auch für eine bestimmte Miene, einen traurigen oder fröhlichen, einen müden oder beschwingten Ausdruck eines Gesichts. Nur sehr selten hatte sie den Eindruck, dass sie ein ganzes Gesicht bespielte, ein Gesicht, das zu einer Person gehörte, in dem ein Mensch erkennbar war. Das war ihr zu nah, zu intim, soweit wollte sie nie gehen, nicht, nachdem es einmal fast zu einer Katastrophe gekommen wäre, weil sie über die innige Verschmelzung mit einem freundlichen Gesicht aus der ersten Reihe ihr Orchester vergessen hatte und beinahe – zum Glück wirklich nur beinahe! – ihren Einsatz verpasst hatte. Der Dirigent hatte ihr einen strengen Blick zugeworfen, es war für den Kenner hörbar geworden, dass sie aus dem Ensemble zu fallen drohte, nicht mehr im Einklang war. Dass ihr dies passieren konnte, wo sie gerade auf beinahe paradiesische Weise ihrem eigenen Spiel eine Lebendigkeit eingehaucht hatte, die sie fast berauschte, war ihr eine Lehre. Es war ein schmaler Grat zwischen technischer Perfektion, die aber tot blieb, einerseits und leidenschaftlicher Hingabe an das Leben der Musik, die die Beherrschung aufgibt, andererseits. Denn das hatte sie früh gelernt: ihr Instrument wurde nur dann überhaupt zu lebendiger Musik, wenn es mit den anderen zusammenblieb, wenn sie miteinander und im gegenseitigen ständigen Kontakt und spielerischemotionalem Austausch blieb, kurz: wenn das Orchester ein echtes Ensemble wurde.

Sie schaute sich um, sie hatte noch etwa zehn Sekunden Zeit, bis der Dirigent auf die Bühne trat, der Applaus aufbrandete und alle Konzentration sich auf ihn und seinen Einsatz richten müsste. Der Blick schweifte über die Köpfe, nahm Haare, Augenpaare, Gesichter wahr. Sie wusste nach zwei Sekunden, dass heute Abend kein Risiko war – kein Gesicht, das ihr gefährlich werden konnte. Aber wofür spielen? Eine ältere Dame eher links, auf ihrer Seite, hatte ihr Haar zu einem etwas altmodischen Dutt zusammengesteckt. Sie lächelte in sich hinein. Obwohl der Dutt aus ihrer Perspektive mehr nur zu ahnen als zu sehen war, war er ihr sympathisch. Diesem Dutt und dem Menschen der ihn trug und allen Menschen auf der Welt, die in irgendeiner Art und Weise etwas Gutes mit einem solchen Dutt verbinden, wollte sie ihre ganze Liebe zur Musik an diesem Abend schenken.

Der Dirigent hob den Arm mit dem Taktstock – da geschah etwas. Nein, nicht als Tatsache, wie wenn ein Instrument plötzlich zu Boden fallen würde in diesem Moment höchster Anspannung und Konzentration. Nein, der Dirigent holte noch einmal Luft, setzte noch einmal an, etwas hatte ihn innehalten lassen. In diesem Augenblick schaute sie zu dem Dutt, fand ihn nicht sofort und blieb an einem Augenpaar in der zweiten Reihe hängen. Und dann gab der Dirigent schon das Zeichen, die Bläser begannen, die Geigen setzten ein, die Ouvertüre trat in den Saal und sie, verzweifelt zwischen Dutt und Augenpaar, wusste auf einmal und zum ersten Mal seit vielen Jahren nicht mehr, wofür und für wen sie heute spielen sollte. Sie musste auf den Dirigenten achten und auf die Noten. Sie hielt ihr Instrument, sie spürte, wie die Hand feucht wurde, wie der Arm ein leichtes Zittern bekam, oh nein, nicht jetzt schon, gleich am Anfang, das ist immer das Schlimmste, wenn es schon am Anfang losgeht. Feuchte Hände sind der Alptraum einer Musikerin. Sie spürte, wie die Verkrampfung durch den ganzen Körper wanderte, sie merkte, dass dieser Abend eine Katastrophe für sie werden würde, wenn nicht noch ein Wunder geschah. Die Kollegen im Orchester würden es hören und kommentieren, anschließend. Nein, nicht das Publikum, aber ihr Ensemble, zu dem sie dazugehören wollte, das ihre Familie war, ihre kleine Heimat, die einzige, die sie doch hatte. Sie wusste, das Ensemble wäre gnadenlos in seiner Reaktion, und sei sie auch noch so unauffällig. Ein verkrampfter Musiker ist das Schlimmste, wohl weil alle die gleiche Angst davor haben und es fürchten wie eine Ansteckung, wie eine Epidemie. Ist erst ein einziges Instrument unfrei, schwer, schlapp und verspannt, kann es das ganze Ensemble anstecken und herunterziehen, das hat man schon erlebt. Ihre Gedanken rasten. Sie musste sich konzentrieren, sie musste wieder einen Anschluss finden. Es konnte doch nicht sein, das so ein blöder Dutt, ein nicht wieder gefundener Dutt ein ganzes Konzert eines professionellen Orchesters vermasseln konnte. Ihr wurde heiß und kalt, der Schweiß lief die Achseln hinunter, Tränen schossen ihr in die Augen, und dann gelang es ihr doch, auf fast traumtänzerische Art und Weise, auf das Signal des Dirigenten gefühlvoll einzusetzen.

Die ersten zehn Minuten waren geschafft, die Verkrampfung hatte sich ein wenig gelöst, sie atmete in einer Pause tief durch und spürte, wie Dankbarkeit und Erleichterung sie durchzogen. Sie wagte einen ersten Blick in die erste Reihe. Der Dutt war unübersehbar, aber er ließ sie unberührt. Sie wusste auf einmal, was geschehen war. Hinter der Frau mit dem Dutt, in der zweiten Reihe, saß jemand mit leuchtenden Augen. Sie wusste, dass es diese leuchtenden Augen gewesen waren, die sie fast in den Abgrund gestürzt hatten, und die gleichen Augen hatten sie getragen und gerettet. Der Blick dieser Augen hatte unverwandt auf ihr gelegen, hatte sie gestreichelt, ihr gut zugeredet, hatte sie ermuntert, zu spielen. Jetzt aber, als sie sich traute, diesen Blick zu suchen und zu begegnen, da wandten sie sich ab. Dies Augenpaar war, als sie es hinter dem Dutt wieder fand, gerade auf den Dirigenten gerichtet. Unberührt und unbeweglich. Sie erschrak plötzlich. Ja, der Dirigent! Sie musste auf den Dirigenten achten, konnte nicht einfach ihren Blick ins Publikum schweifen lassen. Oh, die Augen hatten sie wieder gerettet, gerade in dem Augenblick, als sie wieder zum Pult schaute, wandte er sich ihrer Seite zu und gab das Zeichen für ihren langsamen Einsatz, und sie konnte mit sanfter Eleganz und Zartheit einsetzen.

Es war neu und unbegreiflich. Auf einmal, zum ersten Mal, spielte sie nicht für etwas, sondern etwas spielte für sie. Die Augen schufen eine Art liebevolle Sphäre um sie herum, in die sie eingehüllt war, die sie aufhob, die sie befreite, so zu spielen, wie sie spielen konnte, ihre Liebe in ihre Musik um der Musik selbst willen zu legen mit allem Einsatz, den sie hatte. Sie spielte wunderbar an diesem Abend. Später sollten Kollegen sie fragen, was das denn gewesen sei – dieser schwere, krampfige Beginn und diese wunderbare Verwandlung, dies leichte schöne Spiel darauf – und ihr dankbar zulächeln, weil ihre Befreiung auch etwas in ihnen hatte befreien können, die sie sich aufeinander bezogen, voneinander abhängig waren.

Schließlich war der erste Satz vorbei, sie strahlte in ihr Orchester und zu dem Dirigenten, der ihr kurz zurücklächelte. Als sie wieder ins Publikum schaute, waren beide verschwunden. Kein Dutt mehr, und keine leuchtenden Augen.

Danke, dass ihr da wart.

Pläne

Erbe

Ernst hatte lange nachgedacht und war dann schließlich zu einer halbwegs passablen Idee gekommen. Er war im Grunde kein guter Pläne-Schmied, er zog es im Allgemeinen vor, sich an Vorgaben zu halten und diese ausreichend zufrieden stellend zu erfüllen. Aber das ging nun in diesem Fall nicht, er musste ganz selbstständig vorgehen, auf eigene Faust und eigenes Risiko, ohne Vorbild und ohne jemanden im Hintergrund, den er hätte fragen können.

Er war bisher mit seinem Leben zufrieden gewesen, wenn nicht dieses Ereignis eingetreten wäre. Alles lief einigermaßen. Er hatte einen Job, verdiente genug für eine freundliche kleine Wohnung, er war noch jung – fand er jedenfalls, mit Ende Zwanzig – und hatte eine nette Freundin, er reiste gerne, ging mit seinen Freunden aus und pflegte sein Hobby, das Windsurfen. Es ging zwar erstaunlicherweise kaum etwas von den für diese Dinge erforderlichen Aktivitäten von ihm selber aus. Es gab immer jemanden, der ihn anrief oder ansprach und ihn fragte, ob er nicht dies oder jenes mitmachen wolle, es sei alles vorbereitet. So war er auch auf das Surfen gekommen: ein alter Schulfreund hatte ihn mitgenommen und ihm vorgeschwärmt, und Ernst hatte nicht widersprochen, sondern machte fortan das Surfen zu seinem Hobby. Selbst seine Freundin war zu ihm gekommen, er hatte lediglich nicht nein gesagt und sich von seiner charmanten Seite gezeigt, als sie ihn fragte, ob sie denn jetzt zusammen sein wollten. Manchmal wunderte er sich selbst darüber, dass das Leben so einfach sein konnte und wirklich so funktionierte.

Nun aber war etwas eingetreten, das eine echte eigene Entscheidung von ihm verlangte. Seine Eltern waren gestorben, sehr plötzlich bei einem Autounfall, und er war der einzige Erbe. Der Testamentsvollstrecker hatte ihm einen langen Vortrag gehalten, von dem er nur einen Bruchteil verstanden hatte, aber jedenfalls so viel, um zu begreifen, dass es einerseits um sehr viel Geld ging, andererseits aber auch eine persönliche Entscheidung von ihm erwartet wurde. Die Vorgabe des Testaments war auf fast skurrile Weise schlicht: die Eltern hatten verfügt, dass Ernst das Geld nur erben könne, wenn er nachweise, dass er „sinnvoll" damit umgehe. Dies zu prüfen sei Aufgabe eines Notars, der das Geld verwalte und dem Ernst jedes Jahr Bericht abzustatten habe. Die nahe liegende Frage aber, nämlich was denn mit „sinnvoll" eigentlich gemeint sei, blieb völlig offen, auch der Notar machte darüber keine Auskünfte, wie er den Sinngehalt des Geldverhaltens Ernsts gewichten wolle, ja er teilte nicht einmal mit, ob er überhaupt Kriterien dafür habe. All dies war auf eigentümliche Weise bizarr, denn es handelte sich um eine große Menge Geld, weit mehr als Ernst je zur Verfügung gehabt hatte, und es hätte reichen können, um ihm selbst ein so genanntes sorgenfreies Leben zu ermöglichen, wenn er es zinsgünstig angelegt hätte.

Aber war das „sinnvoll"?

Niemand sagte es ihm. Oder besser: alle, die davon Wind bekamen, sagte ihm etwas völlig anderes. Für ihn war völlig durchschaubar, dass diese Leute im Wesentlichen ihren eigenen finanziellen Vorteil in ihren Vorschlägen sahen. Er selbst aber hatte keine Vorstellung. Er konnte sich auf diese diffuse Formel eines „sinnvollen Umganges" keinen Reim machen.

Ernsts Eltern waren einfache Leute gewesen. Der Vater kam aus Schlesien, als Junge war er von dort nach Kriegsende mit seiner Familie und allen anderen Deutschen vertrieben worden. Die Herkunft aus Schlesien hatte jedoch nie eine besonders große Rolle gespielt, vielleicht weil die Großeltern selbst erst zugezogen waren, sie hatten vor dem ersten Weltkrieg in Breslau Arbeit gefunden und waren dort geblieben, aber sie haben sich angeblich nie sehr wohl dort gefühlt. Das Kriegsende überlebten sie glücklicherweise außerhalb der berüchtigten ‚Festung Breslau', sie waren in eine Kleinstadt gezogen, des Sohnes wegen, aber dort mochten die Leute sie erst recht nicht. So jedenfalls hatte es ihm einmal der Vater erzählt. Ernsts Mutter kam aus der Nähe von Hannover, dort lernten die beiden sich in den fünfziger Jahren kennen. Der Vater hatte eine Maschinenbau-Ausbildung gemacht, die Mutter einen Hauswirtschaftslehrgang, bald war Ernst gekommen, alles war normal und unauffällig. Sie lebten dann in der Lüneburger Heide, in der Nähe von Schneeverdingen. Ernst konnte sich einigermaßen an die Straße und die Wohnung in der Siedlung erinnern. Alles in allem hatte er, so würde er es immer wieder bestätigen, eine völlig normale, unauffällige Kindheit. An Details erinnerte er sich nicht.

Ernst konnte nie wirklich erklären, warum er so wenig Interesse an seinen Eltern gehabt hatte. Er war kaum hingefahren, hatte nicht angerufen, im Grunde hatte ihn das Leben der Eltern nicht mehr interessiert. So hatte er auch von ihrem Älterwerden fast nichts mitbekommen. Dass die Eltern in den letzten Jahren sehr viel verreisten, war ihm kaum ins Bewusstsein gedrungen. Und dass auf irgendeinem Weg Geld in das einfache Leben der Eltern getreten war, hatte er auch nicht wirklich erfahren – erst jetzt, nach deren Tod, wurde ihm auf einmal bewusst, wie reich sie gewesen sein mussten.

Jedenfalls, dachte er, ist dieser Reichtum erst nach seinem Auszug von zuhause eingetreten. Als er noch zuhause lebte, war das Leben immer sehr bescheiden und einförmig gewesen, und es gab keinerlei Anhalt für ein Geheimnis, ein zweites Leben dahinter. Die Eltern ihrerseits hatten auch keinen großen Kontakt zu ihrem Sohn gesucht. Es waren einfach viele Jahre ins Land gegangen, in denen die Leben von Ernst und seinen Eltern aneinander vorbei liefen ohne besondere Überschneidungspunkte. Ernst bekam natürlich bei seinen Freunden und Bekannten mit, dass dies Verhältnis recht ungewöhnlich war. Die meisten hatten regelmäßigen Besuch und Austausch, oft eher konfliktreich, manchmal auch einfach nur herzlich und aneinander interessiert. Ernst hatte keinerlei Ahnung, warum das bei ihm und seinen Eltern so anders war, aber er hatte die Nähe auch nie vermisst. Aber jetzt, wo sie tot waren, traten die Eltern auf einmal mit einer Macht und Massivität in sein Leben ein, die ihn erschreckte.

Zum ersten Mal verlangten die Eltern etwas Grundsätzliches von ihm. Er war darüber so erschrocken, dass er nicht wirklich darüber nachdenken konnte, ob er eigentlich traurig war über ihren plötzlichen Tod. Er konnte nicht sagen, dass er sie wirklich vermisste. Er spürte auch keinen Schmerz, jedenfalls keinen tiefen. Ein kleiner Stich war es gewesen, als er die Todesnachricht – auf der Autobahn ins Schleudern geraten, nasse Fahrbahn, vor einen LKW, keine Chance, sofort tot – erhielt. Am eigenartigsten berührte ihn nur die Nachricht, dass das Auto, ein neuer Mercedes SLK, völlig zerstört worden wäre. Wie kamen die Eltern zu solch einem Auto?

Ernst hatte vom Testamentsvollstrecker und dem Notar nicht viel erfahren. Die Eltern waren legitime Besitzer des Geldes, es gab keinerlei Hinweise auf illegale Aktivitäten. Alles ordentlich versteuert, bei der Sparkasse konventionell angelegt. Ein Lottogewinn? fragte

Ernst – keine Antwort, Schulterzucken. Ob sie mit dem vielen Geld unglücklich geworden sind? Das fragte Ernst sich selbst und versuchte sich seine einfachen und bescheidenen Eltern als mondäne Neureiche in einem schicken Kurort vorzustellen. Sie müssen sich da doch völlig deplatziert vorgekommen sein. Aber wer plötzlich Geld hat, kann auch nicht einfach bescheiden weiterleben, jedenfalls nicht, wenn er vorher immer vom Luxus träumte – und das hatte die Eltern schon getan, daran konnte er sich erinnern.

Aber jetzt hatte er das Geld und nur dieser Notar, der einmal im Jahr den „Sinngehalt" prüfen sollte, stand irgendwie im Weg. Was würde eigentlich passieren, wenn der Notar den Sinn abstreiten würde? Müsste Ernst dann das Geld, das er im Laufe des Jahres ausgegeben hatte, zurückzahlen? Und an wen? Und mit welchem Rechtsmittel ließe sich das tatsächlich von ihm zurückfordern? Das Testament schwieg sich da aus, auch der Notar machte darüber keine Angaben. Wonach also sollte er sich richten?

Das war die Herausforderung. Sich nach sich selbst zu richten, selbst auf das Risiko hin …

Ernst hatte nachgedacht und einen Plan gefasst. Der Plan bestand darin, gar nichts zu tun. Das Geld war angelegt, es würde von selbst vor sich hin arbeiten, und er brauchte es nicht. Das Sinnvollste war, es liegen zu lassen. Und dem Notar jedes Jahr den Kontoauszug mit den Zinserträgen vorzulegen.

Er wollte nicht mit einem SLK unter einen LKW geraten …

Herr Müller plant Urlaub

In seiner Kindheit hatte Herr Müller eine tiefe Sehnsucht nach Asien. Ganz allgemein, ohne genauere Angabe eines Landes oder einer bestimmten Kultur – einfach Asien. Er konnte das nie erklären, aber es war immer völlig klar und eindeutig: es zog ihn als Kind, seit er denken konnte, in diese Ferne, in die asiatische Welt. Seine Mutter behauptete, es käme daher, dass er als kleines Kind einmal für einige Zeit ein chinesisches Kindermädchen gehabt habe. Er habe Cing Xhiao sehr geliebt und sei sehr traurig gewesen, als nach einem Jahr ihre Au-Pair Zeit vorbei gewesen und sie zurück in ihre Heimat geflogen sei. Aber Herr Müller kann sich gar nicht an Cing Xhiao erinnern, nicht einmal vage. Vielmehr fallen ihm die ersten Bilder in den bunten Bilderbüchern des Kindergartens ein, mit den gelbhäutigen und schlitzäugigen Menschen, die immer zu lächeln schienen, und ihren wie runde Spitzdächer aussehenden Hütchen, wenn er versucht, seine frühesten Erinnerungen an Asien zu finden.

Später steigerte er sich in eine regelrechte Sammelleidenschaft hinein. Alles Asiatische, das ihm als Jungen über den Weg kam, hob er auf, egal woher es kam. Es konnten Zeitungsartikel oder Verpackungen aus dem Supermarkt oder Aufkleber „Made in China" sein. Er lernte auch alles über diesen Kontinent. Die Abenteuer seiner Entdeckung und Durchquerung durch die Europäer, allen voran Marco Polo, der zu seinem persönlichen Helden neben Dschingis Khan wurde, oder die verschiedenen Kulturen, Völker und Landschaften, die diesen riesigen Kontinent bestimmten.

Aber es blieb immer etwas Unbefriedigtes daran. Er suchte und suchte nach etwas in oder aus Asien, ohne zu wissen was. Asien wurde zu einer Art Geheimschrift, die er entziffern musste. Es gelang ihm nicht. Er spürte, mit jedem Gegenstand und mit jeder Information wurde das Geheimnis noch mehr verhüllt und verschlüsselt. Sein „Asien" war auf eigentümliche Weise hinter dem offiziellen Asien verborgen. Diese Erkenntnis kam ihm, als er jugendlich war. „Asien" schien auf besondere Weise genau das darzustellen, was er auch an Undurchschaubarem in seiner Umwelt erlebte. Und „Asien" wurde etwas anderes als Asien.

Er hörte auf mit dem Sammeln. Achtete nicht mehr darauf, asiatische Kinofilme nicht zu verpassen, oder die Tageszeitung auf Nachrichten aus Asien zu durchforsten. Dennoch löste aber jede Nachricht weiterhin eine kleine Irritation aus, eine Erinnerung an seine Sehnsucht, einen kleinen Schmerz.

Er vergaß es wieder, ging seinen Weg. Schloss die Schule ab, studierte, heiratete, bekam Kinder. Sah sie heranwachsen und groß werden, wurde Großvater, noch bevor er in Rente ging. Herr Müller lebte sein Leben in allem Anstand, dessen er fähig war, er gab sich Mühe und konnte mit einem gewissen oberflächlichen Stolz zufrieden mit sich sein. Schon während seines Studiums hatte er seinen Asienfimmel vergessen – obwohl, er studierte immerhin internationale Handelsbeziehungen und schrieb seine Diplomarbeit über den Wirtschaftsraum China. Aber er war nicht mit innerer Begeisterung dabei, er schrieb sie nüchtern und sachlich, ohne Sehnsucht und Verklärung.

Jetzt war er sechsundsechzig Jahre alt. Und saß vor dem Prospekt eines Reiseveranstalters. Er wollte seiner Frau zu ihrem fünfundsechzigsten Geburtstag eine Kreuzfahrt schenken. Die meisten in ihrem Bekanntenkreis machten so etwas, es war eine bequeme und angenehme Art, die Welt zu sehen, überall einmal gewesen zu sein, und gleichzeitig komplett versorgt zu werden. Er hatte lange gespart, es war ja nicht billig, man konnte sich das bei ihren Verhältnissen nur einmal im Leben leisten, hatte er gedacht, und nun war der Geburtstag die Gelegenheit, es wahr zu machen. Seine Frau ahnte wohl etwas, sie kannte ja auch die Wünsche ihres Mannes nach so einer Weltreise und hatte ihn immer bestätigt. Sie selbst würde auch gerne bei ihren Bekannten mitreden können, wenn von den großen Hafenstädten der Welt die Rede war und den Ausflügen in die dazugehörenden Länder. Herr Müller hatte sich also in den Kopf gesetzt, seine Frau mit den Karten für diese Kreuzfahrt zu überraschen. Aber jetzt musste er eine Entscheidung treffen – wohin sollte die Reise gehen? Die Welt war rund, man konnte ja auf allen Weltmeeren kreuzen, ganz abgesehen von den großen Strömen und Binnenmeeren, die auch schon von Kreuzfahrern befahren wurden. Er saß vor den Angeboten und Karten und grübelte – es wollte sich nicht so recht eine Entscheidung, eine Präferenz einstellen.

Herr Müller schob den ganzen Stapel von sich weg und lehnte sich in seinem Sessel zurück. Wohin wollte er reisen? Er wusste es nicht. Er hatte kein wirkliches Ziel vor Augen. Er mochte gerne unterwegs sein, das schon, aber mehr um des Unterwegs-seins willen, nicht so sehr wegen eines bestimmten Zieles, auch wenn ihm natürlich völlig klar war, dass niemand eine Reise buchen kann ohne anzugeben, wohin es gehen soll – da war das Reisebüro anders als das Leben, dachte er süffisant. Diese Diskussionen hatte er mit seinen größer werdenden Kindern gehabt: setzt Euch ein Ziel, geht zielstrebig vor, hatte er sich reden gehört, und seine Kinder hatte ihn angelächelt mit dem

Ausdruck, den nur Jugendliche ihren Eltern und Lehrern gegenüber zustande bringen: Ja ja ja – wenn du meinst ... Und er musste zugeben, jetzt, wo er in seinem Sessel saß und darüber nachdachte, was aus seinen Kindern geworden war, dass er selbst als Jugendlicher auch nicht anders gewesen war. Die Zielstrebigkeit war erst später gekommen – und, dachte er, sie hatte einen hohen Preis gefordert, den er zunächst gar nicht bemerkt hatte. Die Zielstrebigkeit hatte den Preis der Sehnsucht und der Fantasie gefordert. Die mussten zurückgelassen oder ins Joch gespannt werden.

Er zuckte leicht zusammen. Er war wohl ein wenig eingenickt und hatte einen kleinen Traum gehabt. Er sah die Prospekte vor sich und erinnerte sich an die Aufgabe, eine Kreuzfahrt für sich und seine Frau herauszusuchen. Herr Müller schüttelte leicht den Kopf. So würde das nichts werden. Er konnte es dem Zufall überlassen: würfeln oder losen. Alle Seitenzahlen des Kataloges auf kleine Zettel schreiben und einen ziehen. Nette Idee. Nein, das wollte er nicht. Wovon hatte er gerade geträumt? Was war das gewesen? Seine eigene Jugend, seine Unentschlossenheit, seine Fantasien. Was hatten sich seine Eltern abgearbeitet, ihn auf den rechten Weg zu bringen. Den hatte er seitdem tapfer und brav eingehalten, zu aller – auch seiner – Zufriedenheit. Was war auf der Strecke geblieben? War denn etwas auf der Strecke geblieben? Eigentlich, dachte er, bin ich über diese Fragen doch hinaus, oder? Midlifecrisis – dass ich nicht lache. Und doch – die Kreuzfahrt lag ihm auf dem Gemüt, sie kam ihm vor wie eine Grundsatzentscheidung über sein Leben. Diese Kreuzfahrt macht alles deutlich, bringt mein Leben auf den Punkt. Deshalb kann ich mich nicht entscheiden, weil ich nicht weiß, welcher Punkt es sein soll. Aber war das nicht auch alles völlig übertrieben? Schließlich – nur eine Reise, zum Geburtstag seiner Frau, zum Genuss und zur Erholung.

Herr Müller drehte sich in seinen Gedanken im Kreis. Er musste etwas tun, so ging das nicht. Er schloss die Augen, versuchte sich zu entspannen, den Anspruch loszulassen – so hatte seine Frau es ihm beigebracht, die einige Kurse in Autogenem Training gemacht hatte. Lass einfach los, dein Inneres wird dir schon sagen was richtig für dich ist. Na gut. Lass los.

Er nickte wieder ein. Und diesmal träumte er tatsächlich. Ein kurzer, einfacher Traum. Er wanderte auf der Chinesischen Mauer entlang, allein, von Turm zu Turm, immer weiter und weiter. Manchmal kamen ihm Wanderer entgegen, manchmal Gruppen von Touristen, manchmal chinesische Soldaten. Die Sonne ging auf, stieg hoch, stand im Zenit, sank und ging unter, er wanderte. Tag und Nacht. Nichts geschah weiter. Er kletterte über Ruinen, wo die Mauer im Laufe der Jahrhunderte in sich zusammengefallen war oder von Bauern der umliegenden Dörfer als Steinbruch benutzt worden war. Er sah in die unendliche Fernen der Mandschurei, oder der Blick blieb in dichten Wäldern hängen. Er sah Ebenen und Gebirgszüge, sah menschenleeres Land und Siedlungen, sogar Städte. Er sprach mit niemandem. Sein Gepäck war klein, lediglich ein Rucksack mit einem kleinen Mundvorrat und einer Trinkflasche, einer Decke und einem Taschenmesser. Und er ging wohl ein ganzes Leben lang auf dieser Mauer entlang, so wollte es die Traumregie. Kein Hafen, kein Schiff, kein Servicepersonal, kein Reiseunternehmer. Nur er. Herr Müller.

Als er aufwachte, hörte er das Schloss in der Tür, seine Frau kam zurück. Er wollte sich aufrichten, die Papiere vom Tisch räumen, damit sie nichts sähe – aber er konnte sich nicht rühren. Er versuchte, die rechte Hand zu bewegen - nichts geschah. Als er den Mund öffnen wollte, um zu rufen, kam nur ein dumpfes Grunzen heraus. Die Gliedmaßen und Gesichtsmuskeln der rechten Körperhälfte fühlten sich schlaff und taub an. Die Erkenntnis traf ihn wie – das war es: ein Schlag. Der hatte ihn getroffen. Und mit dem Schlag fiel ihm das Ziel wieder ein, das ihn eigentlich gesucht hatte, ein Leben lang: „Asien".

Kathrins Sommer

Kathrin hatte erstmals eigene Pläne für den Sommer. Bereits nach dem Urlaub im letzten Jahr war ihr klar geworden, dass sie auf keinen Fall wieder in der Besetzung mit den alten Freunden in die Ferien fahren würde. Ihr war es zuletzt zu langweilig gewesen. Die gleichen Witze, die gleichen Konflikte, die gleichen Unternehmungen und die gleichen Highlights wie jedes Jahr. Wie sollte es auch anders sein, sie war gar nicht ärgerlich. Sie hatte nur Lust auf etwas Neues. Und sie wusste auch schon, was sie machen wollte: allein auf eine Insel fliegen, einen reinen Badeurlaub am Strand machen. Auch wieder nicht besonders originell, das gab sie zu, aber immerhin: sie allein!! Ohne die anderen!!

Soweit waren ihre Überlegungen gediehen, und sie fühlte sich gut damit. Immerhin hatte sie in den letzten zehn Jahren immer in gewohnten, von den anderen entschiedenen Grundmustern Urlaub gemacht. Nun sollte es anders werden, die Zeit war reif dafür, es musste irgendwann einmal der Zeitpunkt kommen, und jetzt war es soweit. Jetzt!

Bis hierhin war alles klar. Darüber hinaus hatte sie sich noch nicht so viele Gedanken gemacht. Oder anders gesagt: sie hatte es vermieden, die aufkommenden Gedanken zu verfolgen und zu konkretisieren. Sie tröstete sich mit dem Hinweis, dass noch sehr viel Zeit sei, es war erst Herbst, und dass alles zu seiner Zeit käme. Gerade diesem Planungsstress, der bisher jedes Mal stattgefunden hatte, wollte sie von Anfang an entfliehen. Also stellte sie sich den Strand und die Sonne und die warme Luft vor, am Abend einen netten Drink, damit beruhigte sie sich und ließ den Sommer auf sich zukommen.

Sie wusste natürlich, dass sie früher oder später mit den Plänen der anderen konfrontiert werden würde. Sie hatte deshalb vorgebaut und bereits am Ende der letzten Reise deutlich zu verstehen gegeben, dass sie nun aber wirklich definitiv zum letzten Male mitgefahren sei. Sie redete sich ein, dass diese Mitteilung ernst genommen worden werden würde, obwohl sie eigentlich ahnte, dass das nicht der Fall war, denn sie hatte diese Bemerkung bereits in den letzten Jahren jedes Mal auf der Rückfahrt gemacht. P. hatte auch nur milde gelächelt, dieses Lächeln, das sie immer innerlich auf die Palme brachte, weil sie sich nicht ernst genommen fühlte. Aber in diesem Jahr war es ganz eindeutig: sie war wirklich entschlossen. Und sie machte ihren eigenen Plan, zumindest war das Ergebnis des Plans schon festgelegt. Sie ging davon aus, dass auch die anderen diese Entschlossenheit wahrgenommen haben würden.

Als die Zeit kam, in der die Planungen für den Sommerurlaub begannen, fühlte sie sich wunderbar ruhig: Ich habe meine Pläne schon, ich weiß, was ich will! Es dauerte eine ganze Zeit, bis sie merkte, dass sie doch ein wenig unzufrieden wurde und irgendetwas mit ihrem Plan nicht stimmte. Sie hatte sich immer ausgemalt, wie sie auf die obligatorische Frage der anderen, was sie denn von der und der Idee halte, souverän antworten würde: Ihr werdet Euch sicherlich erinnern, dass ich schon im Sommer auf der Heimreise gesagt habe, dass ich nicht mehr mitkommen werde, sondern meine eigene Reise mache! Und sie hatte sich ausgemalt, wie die Gesichter der anderen dann aussehen würden. Darauf hatte sie sich bereits gefreut.

Allerdings: Die Frage kam nicht, das war es, was sie auf einmal beunruhigte. Sie wurde nicht gefragt, was sie von dieser oder jener

Idee hielte, sie bekam nicht einmal eine Idee mit. Das war ihr sehr unangenehm, denn sie fühlte sich dadurch doch ausgeschlossen und dachte auf einmal mit wachsendem Groll, ob denn die anderen gar kein Interesse mehr an ihr hatten, ob sie sich immer so unmöglich aufgeführt hatte. So grübelte sie eine Weile, bis ihr der Widerspruch zu ihrem eigenen Plan auffiel. Trotzdem! dachte sie unerfreut. Wenigstens fragen hätten sie doch können. Oder zumindest erzählen, was sie denn jetzt vorhätten, und sich freundlich nach ihren Plänen erkundigen.

Kathrin behielt ihren Groll zunächst für sich und wartet ab. Allerdings wurde sie unsicher, denn für diesen Verlauf hatte sie kein Konzept. Es schien ihr, dass sie für die Realisierung ihres Plan die Zustimmung der anderen brauchte, dass sie nicht „einfach so" ohne weitere Absprache und Kommentierung in ein Reisebüro gehen könne und ein Ticket nach, na, sagen wir z.B. Fuerteventura oder so, kaufen könne. Und sie war ja auch noch nicht so weit. Ihr innerer Plan hatte vorgesehen, dass die anderen sie ansprechen und dann in der Diskussion über ihre Teilnahme schließlich deutlich und von allen anerkannt wurde, dass sie alleine führe. Und erst dann, erst dann!, könnte sie tatsächlich losgehen und diese Reise tatsächlich planen. Und da nun dieser Schritt fehlte, tat sich auf einmal ein großes Loch vor ihr auf, dass sie nicht zu füllen imstande war. Sie wusste nicht was sie tun sollte. In ihrer Fantasie tat sich ein Sommer auf, in dem die anderen sich fröhlich auf einem der üblichen Campingplätze amüsierten, während sie allein zuhause saß oder durch den leeren Stadtpark spazierte. Keine attraktive Vorstellung!

Sollte sie von sich aus die anderen fragen, was denn die Pläne für den Sommer machten? Nur so, sie wollte einfach mal fragen, aus Interesse? Sie fürchtete sich vor der süffisanten Antwort: Na, Kathrin, willst Du doch mit? Wir haben schon drauf gewartet, wir haben uns abgesprochen und gesagt: na, mal sehen wann Kathrin sich meldet, die meldet sich bestimmt und will doch mit, wie jedes Jahr! Ja stell Dir vor, wir fahren nach Dänemark, auf den gleichen Platz wie vor vier Jahren, erinnerst Du Dich, da warst Du doch in K. verliebt gewesen, das war eine schöne Zeit, gut, dass Du Dich meldest, wir haben Deinen Platz noch freigehalten. Nein, das wollte sie nicht hören. Oder: sie wollte genau das hören, und dann ganz kühl sagen: Nein, ich wollte wirklich nur fragen, ich fliege nach F., aber grüßt mir das nette alte Dänemark von mir. Oder: Ach, das ist lieb von Euch, ich war letzten Sommer so genervt, aber eigentlich fahre ich doch mit Euch, Ihr seid doch meine Liebsten. Das war es: Sie fürchtete sich am meisten vor ihrer eignen Schwäche, in einem solchen Moment nicht bei der Stange zu bleiben, ihren Plan aufzugeben, weil die anderen so nett waren, an sie zu denken und ihr einen Platz freizuhalten. Sie fürchtete sich vor ihrer eigenen Inkonsequenz und vor dem Verlust ihrer Selbstachtung. Sie war doch so stolz auf ihren Plan.

Sie wollte den Kontakt zu den anderen aber auch nicht aufgeben. Davon war ja nie die Rede gewesen. Es gab überhaupt keinen Grund, nicht mehr miteinander befreundet zu sein, fand sie. Was war denn los, sie hatte doch nichts Schlimmes getan, und die anderen auch nicht, sie wollte lediglich allein Urlaub machen, das war doch kein Verbrechen.

So ging das einige Wochen hin und her. Kathrin verlor etwas die Vorfreude auf ihren schönen Strandurlaub, auf die Vorstellung der herrlichen Postkarten, die sie den anderen von dort ins verregnete

Dänemark hätte schrieben wollen. Eines Tages änderte sich ihre Stimmung. Mit der Post kam ein Reisekatalog, dessen Bestellung vor längerer Zeit sie völlig vergessen hatte. Beim Durchblättern stachen ihr die herrlichen Bilder der Sonnenstrände ins Auge und ihr wurde wieder klar, wie schön und befreiend ihr Plan doch war, den sie gefasst hatte. Sie berauschte sich an den wunderbaren Reisezielen und versuchte, sich das Schönste auszuwählen. Allein dies fiel ihr schon ausgesprochen schwer, denn sie war ja solche Alleingänge nicht gewohnt, sie hatte immer den Vorschlägen anderer zugestimmt. Nach einer Weile aber hatte sie sich entschieden: diese wunderbare Insel im Mittelmeer, diese Hotelanlage mit dem tollen Pool und den großartigen All-inclusive-Angeboten, das sollte es sein. Erst jetzt nahm sie die Preise richtig zur Kenntnis. Sie musste schlucken. Daran hatte sie noch nicht gedacht: wie sie das denn bezahlen wollte? Ihr wurde ein bisschen ungemütlich und sie begann zu schwitzen. Das wäre nun wirklich der Gipfel der Peinlichkeit, wenn sie vor den anderen zugeben müsste, dass sie nicht an die Finanzierung gedacht hatte und sich den geplanten Urlaub ja überhaupt gar nicht leisten konnte! Kathrin überlegte hin und her. Langsam wuchs etwas wie Trotz in ihr. Von diesem Problem wollte sie sich ihren Plan nun aber nicht kaputt machen lassen. Das war ja klar, dass so etwas viel Geld kosten würde, das wäre doch gelacht, wenn sie das nicht zusammenbrächte.

Dann geschah endlich das lange und nun schon fast nicht mehr Erwartete. P. rief an. Ganz neutral fragte er sie nach ihren Sommerplänen. Kathrin war zunächst überrascht, konnte sich aber fangen, versuchte sich schnell auf den neutralen Ton einzulassen und erzählte nüchtern, was sie vorhatte. Oh, das klingt ja wirklich schön! sagte P., und es klang, als ob er sich wirklich für sie freute. Weißt Du, Kathrin, Du hast das schon so lange vor und immer nicht gemacht, ich finde das jetzt sehr stark von Dir, dass Du Dich doch traust. Wir sind alle etwas verunsichert gewesen letzten Sommer und haben Dich deshalb lieber in Ruhe gelassen. Aber jetzt war meine Neugier doch zu groß, ich wollte es einfach wissen. Ja, freut mich sehr. Ach, und wir fahren übrigens doch nicht nach Dänemark, wie wir erst vorhatten, sondern ans Mittelmeer, so ähnlich wie Du. Die anderen haben gesagt, die Kathrin hätte eigentlich Recht, man müsste wirklich mal ans Meer fahren und am Strand abhängen, wir machen das auch.

Kathrin wusste nicht, ob sie glücklich sein sollte oder enttäuscht. Jetzt machten die anderen dasselbe wie sie! Machten einfach ihren Plan nach! Und wahrscheinlich hätten sie zusammen da viel mehr Spaß. Andererseits war sie auch stolz. Es war ihre Idee gewesen. Und tatsächlich – ihre Entschlossenheit im letzten Sommer war wirklich angekommen – wer hätte das gedacht. Nur: ihr fehlte immer noch das Geld.

P. rief wieder an. He, Kathrin, du bekommst noch Geld von uns. Ja, wir hatten doch seit Jahren die gemeinsame Reisekasse, aus der wir immer den nächsten Urlaub bezahlen wollten. Na, und Dein Anteil ist da noch drin, den bekommst Du jetzt. Kannst Du doch bestimmt gebrauchen, so ein Individualurlaub ist ja immer etwas teurer. Und wir freuen uns schon auf das Nachtreffen mit Dir!

Sie hätte ihn durchs Telefon küssen können.